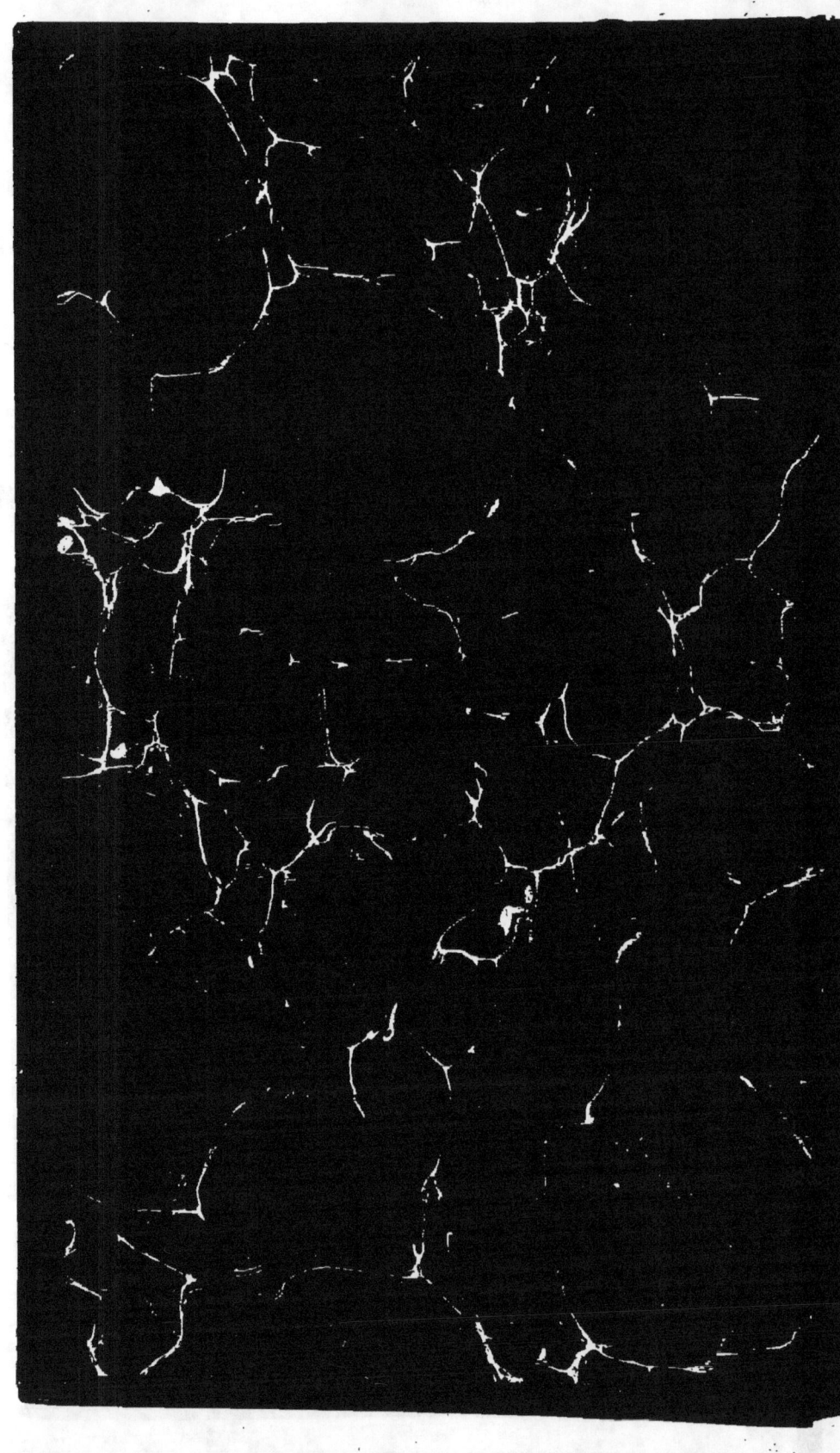

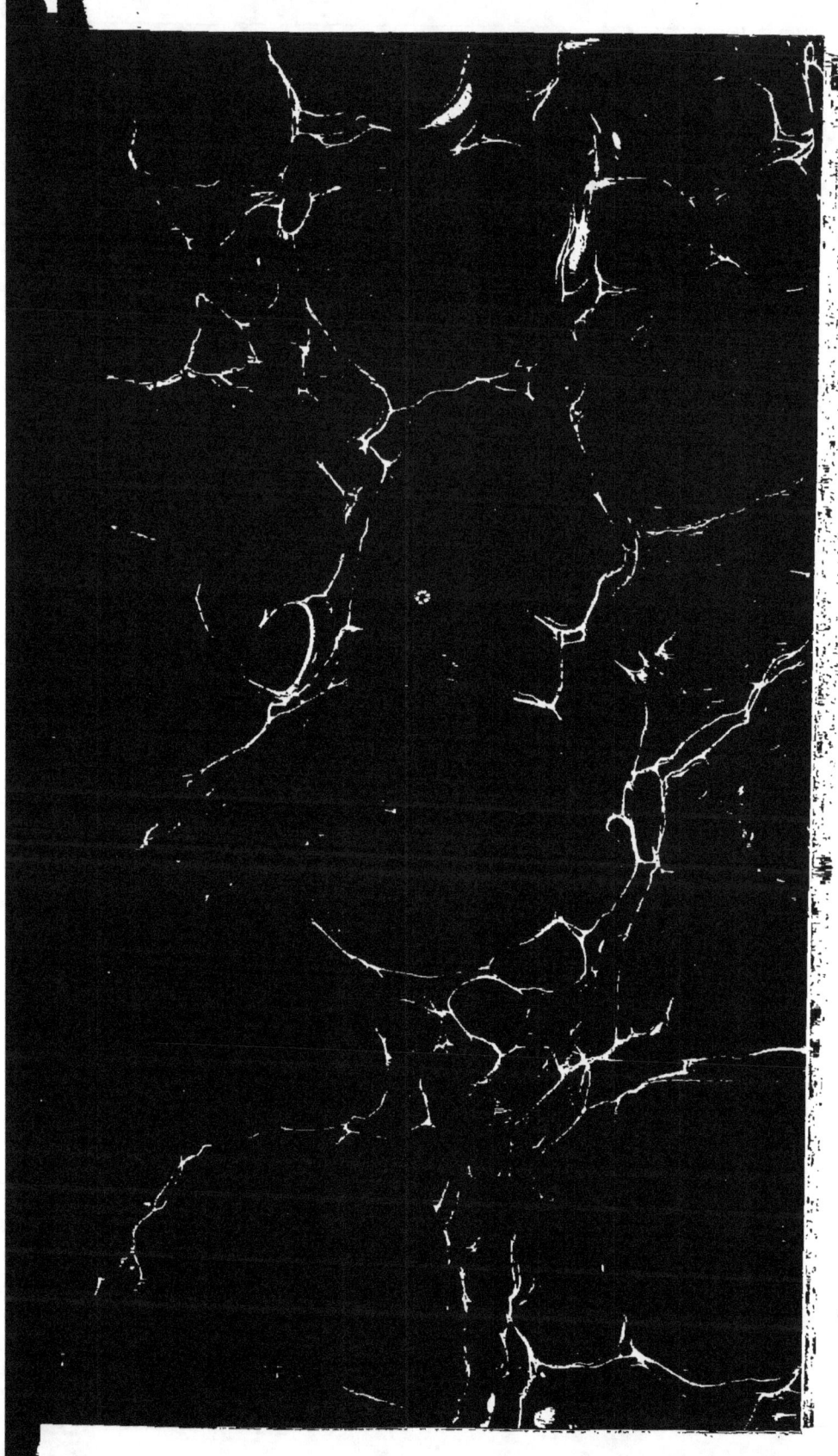

29619

ŒUVRES

COMPLÈTES

DE JACQUES–HENRI–BERNARDIN

DE

SAINT-PIERRE.

TOME QUATORZIÈME.

DE L'IMPRIMERIE DE L.-T. CELLOT.

OEUVRES

COMPLÈTES

DE JACQUES-HENRI-BERNARDIN

DE

SAINT-PIERRE,

MISES EN ORDRE ET PRÉCÉDÉES DE LA VIE DE L'AUTEUR,

PAR L. AIMÉ-MARTIN.

. . . . Miseris succurrere disce.
ÆN., lib. I.

HARMONIES DE LA NATURE.
TOME QUATRIÈME.

A PARIS,

CHEZ MÉQUIGNON-MARVIS, LIBRAIRE,
RUE DE L'ÉCOLE DE MÉDECINE, Nº 3.

M. DCCC. XX.

HARMONIES

DE

LA NATURE.

SUITE DU LIVRE V.

HARMONIES ANIMALES.

La puissance végétale, comme nous l'avons
vu, reçoit toutes les qualités des puissances
précédentes, par l'air et l'eau qu'elle s'appro-
prie, par les couleurs et les formes de ses fleurs
et de ses fruits, par des minéralisations même,
dont quelques-unes sont connues, comme
celle du fer, qu'on trouve dans toutes les

4.   1

cendres des végétaux. A ces qualités, elle en ajoute un grand nombre d'autres, qu'elle doit principalement au soleil, telles que ses parfums et ses saveurs; mais elle diffère essentiellement des minéraux par les cinq facultés de la vie, qui sont l'organisation, la nutrition, l'amour, la génération et la mort. Les puissances élémentaires n'ont en partage qu'une existence permanente, différemment modifiée; mais la puissance végétale a une propre vie, dont le principal caractère est de pouvoir renaître et se propager. Cependant la vie végétale diffère essentiellement de la vie animale, comme nous le verrons.

Nous ferons d'abord ici, sur leur différence, quelques remarques que nous ne croyons pas qu'on ait encore faites. Le végétal le plus simple me paraît composé d'un grand nombre de végétaux semblables, réunis sous une même écorce. Une plante est organisée comme un polype; chacune de ses fibres ligneuses ou nerveuses paraît un végétal, qui correspond depuis la racine jusqu'à la feuille qu'il nourrit. La preuve en est dans ses racines : si vous en retranchez une, vous

voyez languir les branches qui y correspondent. Si vous coupez une branche d'arbre, et
si vous la replantez avec soin et dans une
saison convenable, il en renaît un autre arbre ; vous pouvez même le reproduire en la
fendant en deux, comme on le voit dans celles
du saule. La vie paraît disséminée également
dans toutes les parties du végétal ; on peut
détruire impunément les unes, même dans
son intérieur, tandis que les autres fructifient,
comme il arrive aux arbres caverneux, qui
n'en sont pas moins couverts de leurs feuillages. Un végétal est semblable au polype
animal.

Il n'en est ainsi d'aucun animal proprement
dit. Quoique ses muscles soient composés de
fibres et de nerfs qui conservent des mouvements particuliers après la mort, ils ne forment tous ensemble qu'un seul animal indi-
viduel et indivisible. L'animal est seul dans
sa peau, et le végétal est multiple dans son
écorce. Vous pouvez, des tronçons d'un saule,
planter un bocage ; mais avec les quartiers
d'un mouton vous ne ferez jamais naître un
troupeau.

Une autre preuve que le végétal renferme dans chacune de ses fibres un végétal parfait, c'est qu'il produit indistinctement dans toutes ses branches un grand nombre de fleurs, qui ne paraissent être que les parties sexuelles des fibres, parvenues successivement à un âge adulte. Dans une plante annuelle, les fleurs paraissent après un certain nombre de lunaisons; mais dans un arbre, le bois nouveau ne donne point de fleurs, et les fleurs de son vieux bois changent de place d'une année à l'autre. C'est encore par la même raison, que quand l'arbre produit beaucoup de fleurs, il ne pousse point de bois, et que quand il pousse beaucoup de bois, il ne produit point de fleurs. On en peut conclure que l'harmonie soli-lunaire qui produit en lui des cercles annuels, sert d'abord à former, au dedans, des fibres mâles et femelles, dont les fleurs deviennent ensuite le développement. Ces fleurs ne peuvent reparaître l'année suivante au même endroit, parce que les fibres qui les ont produites, s'allongent par la couche annuelle et l'accroissement du bois, et viennent se terminer à d'autres points de l'écorce. Enfin ces fleurs ne peuvent se montrer sur le bois nouveau de l'année, parce qu'il n'est pas encore adulte. On peut conclure de tout ceci, que c'est souvent à tort que les jardiniers taillent les pousses annuelles des jeunes arbres. Il en résulte qu'ils ne portent ni fleurs ni fruits, parce que ce nouveau bois n'a pas le temps d'atteindre au terme de sa fécondité. Le plus simple est de le laisser croître : alors il fructifiera ; c'est ce que j'ai éprouvé moi-même par ma propre expérience. J'ai eu des poiriers très-vigoureux, âgés de plus de vingt ans, qui n'avaient jamais fleuri, parce que le jardinier, fidèle à ses règles, ne manquait pas de retrancher en automne la plus grande partie des branches qui avaient poussé au printemps. Je parvins enfin une année à empêcher cette fatale amputation ; mes arbres se couvrirent à l'ordinaire de rejetons pleins de suc. Après avoir jeté leur premier feu, ces rejetons s'arrêtèrent à la seconde année : ils produisirent alors des branches à fruits, couvertes de gros bourgeons, qui donnèrent des fleurs et des fruits dans la troisième.

1*

Je ne connais point de végétal vivace qui
ne produise qu'une seule fleur : l'animal, au
contraire, n'a qu'un seul sexe. Quand il en
réunit deux, comme les limaçons, ces sexes
sont situés dans un lieu invariable. Les nerfs
et les fibres des muscles de l'animal concou-
rent tous à-la-fois à une seule action, comme
tous ses organes; tandis que les fibres des
végétaux ont des actions particulières et isolées : elles n'agissent en commun que par
leur agrégation. Un végétal blessé dans une
de ses parties, prospère dans toutes les autres;
et l'animal, dans la même circonstance, lan-
guit dans tout son corps.

On pourrait dire peut-être que les fibres
nerveuses dans un animal, sont autant d'animaux distincts réunis sous la même peau,
parce qu'il éprouve plusieurs passions, quelquefois opposées les unes aux autres, sur-tout
dans l'homme; mais il existera toujours une
grande différence dans la composition du végétal et de l'animal. Le végétal est si bien
composé d'un assemblage de végétaux, qu'il
en renferme à-la-fois de jeunes et de vieux,
dont quelques-uns n'ont quelquefois qu'une

lunaison, et d'autres ont plus d'un siècle. Un rameau d'un arbre est moins âgé que sa tige, et son aubier que son tronc. L'arbre le plus caduc porte à-la-fois la vieillesse dans son cœur, et la jeunesse sur sa tête : l'une et l'autre se manifestent encore dans sa racine et dans son écorce. L'accroissement de ses parties dépend évidemment des harmonies soli-lunaires, puisque ses cercles annuels, subdivisés en cercles lunaires, en sont la preuve, comme nous l'avons déjà démontré, et comme nous le verrons encore ailleurs. L'animal n'est point formé d'un assemblage d'animaux. Le renouvellement périodique des couches qui composent ses os, prouvé par les os des poulets qui mangent de la garance, le soumet sans doute aux mêmes périodes planétaires que le végétal; mais la dégénération de ses parties se fait tout à-la-fois, de sorte qu'il n'en a ni de plus vieilles ni de plus jeunes les unes que les autres.

Voilà donc des différences très-marquées dans la constitution du végétal et de l'animal. Elles ne sont pas moins sensibles dans l'ensemble et la disposition de leurs organes. Tous

les animaux se divisent en deux moitiés égales,
comme il convenait à des corps destinés à
changer de lieu ; mais cet équilibre parfait ne
se manifeste que dans les feuilles, les fleurs et
les semences des végétaux. On le retrouve,
à la vérité, dans les tiges des graminées ;
mais la plupart des buissons et des arbres ne
le présentent que d'une manière fort singu-
lière. La différence est encore plus sensible
dans les organes de la nutrition et de la génération, qui leur sont communs. Les végétaux ont leurs bouches ou leurs racines en
bas, et leurs parties sexuelles ou fleurs en
haut. Les animaux, au contraire, ont leur
bouche à la partie supérieure ou antérieure
de leur corps, et leurs parties sexuelles à la
partie inférieure ou postérieure. Les premiers
portent leurs fruits au dehors, les seconds
engendrent au dedans. Cependant les végétaux ne sont pas des animaux renversés,
comme on l'a prétendu ; car ils n'ont point
les facultés ni les organes qui constituent
l'animalité. Ils n'ont point de cerveau, qui
est le siége de l'intelligence, ni de cœur, qui
est celui des passions. Les animaux diffèrent

essentiellement des végétaux par ces viscères, et par d'autres organes et qualités que nous allons développer.

Nous avons vu que la puissance végétale réunissait en elle les facultés des trois puissances élémentaires, qui sont, entre autres, l'élasticité et les couleurs aériennes, les mouvements ou les circulations aquatiques, et les formes terrestres, dont nous avons indiqué les progressions harmoniques ascendantes et descendantes. Nous avons démontré ensuite qu'elle avait, de plus, la vie végétale ou végétabilité, puissance dont les harmonies, soumises aux mêmes lois, sont l'organisation, la nutrition ou développement, l'amour, la génération et la mort. La puissance animale réunit toutes les harmonies précédentes, et elle y joint, de plus, la vie animale ou animalité, puissance qui se divise en facultés sensitive, intellectuelle et morale. Chacune de ces facultés a ses harmonies, dont nous allons donner un aperçu.

La faculté sensitive est douée de cinq organes principaux, qui sont ceux de la vue, de la respiration, de la soif, du toucher et

du goût. Ils sont répartis aux cinq puissances
primitives et précédentes, au soleil, à l'air,
à l'eau, à la terre et aux végétaux. Chacun
de ces organes a des effets harmoniques,
c'est-à-dire actifs et passifs, ou positifs et né-
gatifs. Ainsi, de la vue s'engendrent la veille
et le sommeil; de la respiration, la voix et
l'ouïe; de la soif, la potation et la méation;
du toucher, le mouvement et le repos; du
goût, le manger et les sécrétions. Les végétaux ne présentent rien de semblable, ni
dans leurs organes, ni dans leurs fonctions.
Ils n'ont point d'yeux pour voir, ni de pau-
pières pour les voiler. Quoique quelques-uns,
comme le tamarin, ferment leurs feuilles ou
leurs fleurs dans les ténèbres, c'est pour les
abriter la nuit de l'humidité, ou quelquefois
le jour de l'action du soleil; car il y en a qui
les ferment en plein midi, comme le pissen-
lit. C'est abuser des termes, que de dire qu'ils
dorment la nuit. Leurs facultés, loin d'être
suspendues, sont dans leur plus grande activité. C'est alors qu'ils végètent le plus. On
peut dire aussi que les animaux jouissent,
dans leur sommeil, de leur faculté végétale

dans toute sa plénitude; car c'est à cette
époque que leur sang, qui est leur sève, circule avec la plus grande facilité, et qu'ils
profitent le plus, comme les végétaux. Le sommeil appartient donc, non aux fonctions de
la végétabilité, mais à celles de l'animalité,
dont il est le repos. Il ne suspend que les facultés intellectuelle et morale, et leurs organes. Si les végétaux sont privés de l'organe
de la vue, ils ne le sont pas moins de celui
de la respiration. Ils aspirent sans doute l'air
et l'expirent; mais ils n'ont point de larynx
pour en produire des sons, ni d'oreilles pour
les recevoir : encore que quelques-uns engendrent des bruits, c'est par l'action du vent ou
par quelque cause étrangère; ils n'en ont
point le sentiment, ils ne les entendent point.
Il en est de même de leurs rapports avec
l'eau : ils la pompent comme l'air, mais ils
ne la digèrent pas. Ils n'ont point de tact; et
quoique la sensitive ferme ses feuilles quand
on la touche, elle doit son mouvement passif à une action extérieure, et non à un acte
de sa volonté. Il y a grande apparence que
l'hedysarum gyrans du Bengale, doit le mou-

vement d'oscillation ou de balancement de
ses folioles à l'action combinée de l'air et de la
chaleur, ainsi que d'autres végétaux lui doivent celui de leur sève, et les animaux celui
de leur sang. Mais ceux-ci ont le principe
du mouvement en eux-mêmes et dans leurs
facultés intellectuelles. L'insecte, dont le
corps est revêtu d'écailles insensibles, a des
antennes où réside l'organe du toucher, ou
peut-être de l'odorat, qui dirige ses mouvements de progression. Ses antennes sont sa
boussole. Beaucoup de poissons écailleux ont
des barbillons qui leur servent aux mêmes
usages. L'huître, que des naturalistes regardent comme un passage de la plante à l'animal, et comme un être mitoyen entre ces
deux règnes, jouit du mouvement de ses
lèvres. Elle entr'ouvre et ferme ses écailles à
volonté. Elle jouit aussi du mouvement lo-
cal ; car elle trouve le moyen de se trans-
porter où elle veut : les espèces d'huîtres
même qui adhèrent aux rochers, nagent
quand elles viennent de naître. Elles se choi-
sissent des anfractuosités, et y construisent
leurs coquilles irrégulières avec autant de

géométrie, au sein des tempêtes, que les abeilles leurs alvéoles hexagonales dans le séjour tranquille des forêts. La maçonnerie de cette espèce d'huître est si bonne, qu'on ne peut la détacher qu'avec un morceau de rocher. Enfin les végétaux tirent leur nourriture des éléments, mais ils n'ont point d'organes du goût et des excrétions.

La faculté intellectuelle est d'un ordre supérieur à la faculté sensitive. Elle réunit trois qualités, dont les végétaux sont totalement privés : ce sont l'imagination, le jugement et la mémoire. Ces qualités président aux sens. L'imagination reçoit l'image des objets par la vue et l'ouïe ; le jugement compare leurs rapports intimes par le toucher et le goût ; la mémoire conserve les résultats de l'imagination et du jugement, pour en former l'expérience. La mémoire embrasse le passé, le jugement le présent, et l'imagination l'avenir. Ainsi, ces qualités s'étendent aux rapports des choses, des temps et des lieux, suivant certains rayons assignés à chaque genre d'animal : l'homme seul en embrasse la sphère. Cependant, quoique leurs fonctions semblent séparées, elles agissent aussi de concert. Le plus petit insecte fait usage de toutes à-la-fois ou en particulier, comme de ses yeux, de ses ailes et de ses pates. Leur siége est dans la tête de l'animal, ainsi que l'origine des nerfs, de la faculté sensitive qu'elles font mouvoir, et dont le sensorium est dans le cœur.

Le végétal n'a donc rien qui soit comparable aux facultés sensitive et intellectuelle de l'animal; il n'a point, comme celui-ci, le sentiment et l'intelligence de ses convenances naturelles. Cependant quelques philosophes, entre autres Descartes et Malebranche, ont voulu rabattre la puissance animale au-dessous de la végétale. Ils ont prétendu que les animaux n'étaient que de simples machines impassibles, ce qu'il serait absurde de dire même des simples végétaux, qui sont doués d'une véritable vie, puisqu'ils se propagent par des amours. Quand on objectait à Malebranche les cris douloureux d'un chien frappé, il les comparait aux sons d'une cloche dans la même circonstance. Pour le prouver un jour, dans la fureur de la dispute, il tua d'un coup de pied sa propre chienne qui avait des petits. Le bon Jean-Jacques me dit à cette occasion : « Quand on commence à »raisonner, on cesse de sentir. » Je répète ici ce mot, que j'ai cité ailleurs, parce qu'il jette une grande lumière sur la nature de l'ame des bêtes et sur la nôtre, en ce qu'elles ont de commun. Il prouve que l'ame a deux facultés très-distinctes, l'intelligence et le sentiment. La première provient en partie de l'expérience, et la seconde des lois fondamentales de la nature. L'une et l'autre sont en harmonie chez les animaux, et les dirigent toujours vers une bonne fin. Mais lorsque l'intelligence s'appuie en nous sur des systèmes humains, et se sépare du sentiment, qui est l'expression des lois naturelles, alors elle peut précipiter les génies les plus élevés et les plus doux dans les férocités les plus absurdes. Certes, Descartes et Malebranche sont tombés bien volontairement dans l'erreur, de prétendre que les bêtes n'étaient animées que par de simples attractions : la plus petite expérience suffisait pour les désabuser. Mettez une feuille de papier entre un aimant et

une aiguille de fer, l'aiguille ne se détour-
nera point pour aller chercher l'aimant,
mais elle se portera vers lui par la ligne la
plus droite. Mettez le même obstacle entre
un chat et une souris, le chat ira chercher la
souris derrière la feuille de papier ; le chat
raisonne donc, et son intelligence n'est point
l'effet d'une simple attraction ou d'un tour-
billon magnétique.

Mais l'ame des animaux est douée d'une
faculté bien plus puissante que la sensitive et
l'intellectuelle ; elle a une faculté morale.
Sans celle-ci, elle n'aurait ni dessein ni volonté ; elle éprouverait en vain les sensations
de la première et les sentiments de la seconde ;
mais par sa faculté morale elle les dirige,
parce qu'elle en a, si je puis dire, des pré-
sensations et des pré-sentiments.

J'appelle faculté morale celle qui constitue
les mœurs de l'animal, et qui fait qu'un chat
n'a pas le caractère d'une souris, et un loup
celui d'un mouton. Elle est différente dans
chaque genre d'animaux ; elle varie dans leurs
espèces, qui d'ailleurs ont en commun les
facultés sensitive et intellectuelle, seulement

dans des proportions particulières. La faculté
morale réunit trois qualités, l'instinct, la
passion et l'action.

L'instinct renferme les pré-sensations de
l'animal et le pré-sentiment de ses convenances ; c'est par des pré-sensations que des
animaux encore dans le nid maternel, s'effraient d'un bruit ou de la menace d'un coup
dont ils n'ont encore aucune expérience.
C'est par des pré-sensations qu'ils tettent,
qu'ils marchent, qu'ils sautent, qu'ils grim-
pent, qu'ils appellent à leur secours. Ils leur
doivent la conscience des organes et des
membres dont ils font usage. Combien d'années ne faudrait-il pas à l'anatomiste le plus
habile pour en acquérir la science ! Les Du-
verney et les Winslow ont avoué, à la fin de
la vie la plus studieuse, n'en avoir que de
faibles aperçus. Pour moi, je tiens l'homme,
quoique très-vain dans nos écoles, si borné
dans sa nature, qu'il ne se serait jamais douté
que les ailes des oiseaux pussent leur servir
à traverser les airs, s'il ne les avait pas vus
voler. Cependant ils s'en servent au sortir de
leurs nids, sans en étudier la mécanique et

2*

sans la comprendre, non plus que nos docteurs qui en ont fait des traités ; mais l'oiseau
a la pré-sensation de ses ailes, et il s'en sert;
il en tire des effets aussi admirables que la
machine même.

Les animaux doivent aussi à l'instinct le
pré-sentiment ou la pré-vision de leurs fonctions intellectuelles, c'est-à-dire de leurs convenances naturelles. C'est par pré-sentiment
que l'araignée sortant de son œuf, et sans
avoir vu aucun modèle de filet, tisse sa toile
transparente, en croise les fils, les contracte
pour en éprouver la force, et les double où
il est nécessaire, pré-sentant que les mouches,
qu'elle n'a pas encore vues, sont sa proie,
qu'elles viendront s'y prendre, et qu'elles s'y
débattront. Enfin, il n'y a point d'animal qui
n'ait des pré-sensations et des pré-sentiments
de sa manière de vivre et de l'industrie qu'il
doit exercer, avec toutes les idées qui y sont
accessoires.

C'est donc une grande erreur que cet axiome
de l'école : *Nihil est in intellectu quod non
fuerit priùs in sensu*, « il n'y a rien dans
l'intelligence, qui n'ait été premièrement dans

les sens. » Nous voyons, au contraire, que
l'instinct enseigne aux animaux les premiers
usages de leurs sens, et leur donne des idées
qu'ils n'ont point acquises par l'expérience.
Locke a donc erré beaucoup quand il a prétendu, toutefois d'après l'école, qu'il n'y avait
point d'idées innées; l'étude d'un insecte lui
eût prouvé le contraire. Son traducteur français lui en fit un jour l'objection : elle le mit
de fort mauvaise humeur, car il sentit sans
doute qu'elle renversait de fond en comble
son système : il aurait mieux fait de le réfor-
mer. Il ne l'eût pas édifié sur une pareille
base, s'il eût éclairé la morale de l'homme
de celle des animaux. Il ne se doutait pas
qu'en refusant à l'homme des idées innées,
il fournissait des arguments à l'anarchie et
au matérialisme. Il devait sentir cependant
que l'on conclurait un jour, non-seulement
d'après ses raisonnements, mais d'après son
principe et son autorité, que, puisque l'homme
n'avait pas d'idées innées, toutes celles qu'il
acquérait étaient de convention ; que celles de
la morale étaient arbitraires, et que par con-
séquent il n'y avait pas de carrière tracée pour

lui par la nature. S'il eût été attentif au principe et aux conséquences de son système, il
n'aurait pas ouvert à-la-fois deux principes à
l'esprit humain ; car parmi ceux qui raisonn-
nent d'après lui, les uns concluent qu'ils n'o-
béissent qu'aux lois physiques, et tombent
ainsi dans le matérialisme ; les autres se mé-
fient d'une nature indifférente à leur bonheur
moral, et se laissent subjuguer par la superstition, c'est-à-dire par des religions litigieu-
ses, inconstantes, arbitraires, sans songer
que cette même nature qui a pourvu à leurs
besoins physiques, a dû pourvoir aussi à leurs
besoins moraux.

Si Locke eût réfléchi un moment aux idées
innées des animaux, il les eût reconnues par
toute la terre ; il se fût convaincu que c'est
par elles qu'une chenille, sortant de son œuf,
quitte la branche sur laquelle elle est éclose,
et va pâturer la feuille naissante qui croît
comme elle dans son voisinage ; qu'ensuite,
ayant acquis toute sa grandeur, elle se choi-
sit une retraite sous une branche, à l'abri des
vents et de la pluie ; qu'elle s'y file une coque
avec un art admirable, pour s'y renfermer

dans l'état de chrysalide, et qu'elle s'y ménage une ouverture pour en sortir dans celui
de papillon, quoiqu'elle n'ait aucune expérience de ces deux métamorphoses. Locke,
qui a égaré son génie systématique sur les
destinées de l'homme, qu'il rend si variables,
eût admiré la constance de celles de la chenille devenue papillon; il eût vu celui-ci, au
moyen des idées innées, changer plusieurs
fois de genre de vie. Après avoir rampé long-
temps comme un ver, il est tout-à-coup
pourvu de quatre ailes brillantes; plus habile
que Icare, il traverse les airs en se jouant
avec les vents, sans apprentissage et sans aucune connaissance de l'aérostatique; il vole
sur les fleurs, y pompe le miel de leurs
glandes nectarées, si long-temps ignorées de
nos botanistes; il poursuit dans les airs une
femelle inconnue, souvent d'une livrée différente de la sienne, mais invariablement de
son espèce; enfin cette femelle fécondée dé-
pose ses œufs, et les colle, non sur la feuille
passagère où elle a vécu, mais sur une branche permanente, où ils doivent braver les
injures d'un hiver qu'elle n'a jamais éprouvé.

Si Locke eût été attentif à ces leçons données dans tous les animaux par la nature, il
eût soupçonné que l'homme, malgré les préjugés qui entourent son berceau, a aussi des
idées innées. En effet, l'enfant nouveau-né
a des pré-sensations lorsqu'il suce la mamelle
de sa mère, et qu'il en fait jaillir le lait, sans
connaître la pression de l'atmosphère, ignorée de tous les philosophes de l'antiquité. Il
manifeste bientôt des pré-sentiments de la
bonté ou de la malice des hommes sans en
avoir l'expérience, lorsqu'à leur seul aspect
il va se ranger auprès de ceux dont les physionomies sont du nombre de celles qu'on
appelle heureuses, parce qu'elles annoncent,
en caractères ineffables, la bienfaisance ; tandis qu'il s'éloigne de ceux qui, même avec
des traits réguliers, portent je ne sais quelle
expression de malveillance, plus aisée à sentir qu'à décrire. C'est ainsi que l'agneau, mû
par ses pré-sentiments, à la vue d'un loup,
se réfugie auprès du chien, quoique ces deux
animaux soient du même genre, et aient des
figures à - peu - près semblables. L'enfant a
l'instinct de la sociabilité, lorsque, ignorant

les sujets de joie et de douleur de ses semblables, il rit en les voyant rire, ou pleure en les voyant pleurer.

On pourrait embarrasser bien davantage les partisans de Locke ; car, après leur avoir prouvé que les animaux et l'homme ont des idées innées, on peut renverser leur système des idées acquises, où ils renferment tout être pensant, en leur faisant voir que celles-ci ne sont que des conséquences et des développements des premières. C'est de l'instinct inné de chaque espèce que dépendent le caractère, l'industrie, les mœurs, et peut-être la forme, ou du moins la physionomie de l'animal. Le perroquet nucivore n'a point les goûts d'un oiseau de proie, quoiqu'il ait comme lui des serres et un bec tranchant. Il aime à s'approcher de l'habitation des hommes, et, pour en être bien venu, la nature l'a revêtu des plus riches couleurs et doué du talent d'imiter la parole. L'instinct est permanent dans chaque espèce d'animal, comme le germe dans chaque espèce de végétal : l'un et l'autre ne font que se développer dans le cours de leur vie. Le chêne, avec ses robustes rameaux, est renfermé dans un gland, et le rossignol, avec son chant et ses amours, dans un œuf.

Mais les instincts si variés des animaux semblent répartis à chaque homme en particulier en affections secrètes et innées, qui influent sur toute sa vie : notre vie entière n'en est pour chacun de nous que le développement. Ce sont ces affections qui, lorsque notre état leur est contraire, nous inspirent des constances inébranlables, et nous livrent, au milieu de la foule, des luttes perpétuelles et malheureuses contre les autres et contre nous-mêmes. Mais lorsqu'elles viennent à se développer dans des circonstances heureuses, alors elles font éclore des arts inconnus et des talents extraordinaires. C'est ainsi qu'on voit apparaître quelquefois au sein des forêts, une liane fleurie ou un cèdre majestueux, dont les semences ont été jetées par les vents sur un sol qui leur a été favorable. Ainsi la nature avait mis le génie de la poésie dans l'ame d'Homère, celui de la peinture dans celle de Raphaël, la passion d'aborder à de nouvelles terres dans l'infortuné Colomb, et celle de découvrir de nouveaux astres, dans l'heureux

Herschell. Ces grands hommes, et beaucoup
d'autres, ont réussi malgré les persécutions
de leurs contemporains ; mais il y en aurait
sans doute un bien plus grand nombre, si
leur génie n'eût éclos dans des patries ingrates,
et ne se fût desséché comme des semences
tombées sur des rochers. Au reste, tous les
instincts des animaux n'approcheront jamais
de ceux qui sont propres à l'homme, tels que
de faire usage du feu, d'exercer l'agriculture,
d'imiter enfin tous les ouvrages de la nature
par l'invention des sciences et des arts. Que
dis-je ! il est le seul des animaux qui ait une
idée innée de la Divinité, car elle se trouve
chez tous les peuples de la terre : elle ne peut
être une simple conséquence du spectacle de
l'univers, puisque les animaux, qui en jouissent comme lui, ne manifestent aucun sentiment religieux. Cependant ils raisonnent et
agissent comme lui dans leurs passions. Pourquoi a-t-il été donné à chacune de leurs espèces de parcourir un des rayons de la sphère
d'intelligence, tandis que l'homme seul en
occupe le centre, et en entrevoit l'ensemble
et l'Auteur ? Le sentiment religieux est donc

dans l'homme un sentiment inné, ainsi que
les instincts particuliers sont innés dans chaque espèce d'animaux. Nous verrons ailleurs
que c'est de ce sentiment primordial, que dérivent dans l'homme les idées de vertu, de
mépris de la mort, de gloire, d'infini, d'immortalité, qui sont les mobiles de toutes les
sociétés humaines, même les plus sauvages.

Locke ne se serait pas égaré sur la nature
de l'homme, s'il avait observé d'abord celle
des animaux, des végétaux, et même des
éléments. Pour étudier ce grand édifice du
monde, il faut commencer par ses premiers
étages.

Après avoir donné un aperçu de l'instinct
des animaux, nous allons parler de la passion
qui en résulte. La passion n'est dans eux que
l'amour de leurs convenances et la haine de
leurs disconvenances. L'instinct semble avoir
son foyer dans leur tête, et la passion dans
leur cœur. Leur intelligence voit d'abord ce
qui leur est utile ou nuisible, et leur cœur le
désire ou le craint : la passion est donc à-la-
fois positive et négative. On peut y rapporter
toutes les modifications auxquelles les philo-

sophes ont donné, tantôt le nom de facultés, tantôt celui de passions, dont ils ont fait de longues énumérations sans aucun plan. Quant au mot de passions, quelques-uns le dérivent du mot latin *pati*, qui signifie souffrir : mais cette étymologie ne me semble pas bien juste ; car la passion ne souffre pas quand elle jouit. Quoi qu'il en soit, nous adoptons ce mot dans le sens le plus usité, comme signifiant une affection vive de l'ame, soit pénible, soit agréable. Les anciens philosophes, en analysant l'ame humaine, y admettaient trois facultés, la concupiscible, l'irascible et la raisonnable. Descartes rejeta cette division, quoique assez naturelle, parce que, dit-il, l'ame n'a point de parties ; mais, par une espèce de contradiction, il substitue à ces trois facultés six passions primitives, qui sont : l'admiration, l'amour, la haine, le désir, la joie et la tristesse. Il y en ajoute ensuite beaucoup d'autres, telles que l'estime, le mépris, le courage, la honte, l'espérance et la crainte, comme des dérivés des six premiers genres. Ainsi, il ne fait qu'augmenter la confusion qu'il reproche aux anciens. Il y

a plus; c'est que comme il s'occupe fort peu
de la faculté raisonnable de l'homme, et
qu'il tire les fonctions de son ame des esprits
animaux, par une physique inintelligible;
il s'ensuit qu'il ne donne à l'homme que les
passions qui lui sont communes avec les animaux, qu'il ne regardait que comme des machines. D'ailleurs, l'admiration est-elle une
passion comme l'amour ? Y a-t-il en nous un
penchant habituel à admirer comme à aimer ?
L'admiration n'est, ce me semble, qu'un
étonnement accidentel de notre intelligence
à l'occasion d'une surprise agréable. Descartes
ne parle point, dans ses passions primor-
diales, de l'effroi, qui provient d'un éblouis-
sement de notre esprit au sujet d'un objet
épouvantable. Il n'oppose point la répugnance
au désir. Il ignorait que les facultés de l'ame
sont doubles, comme nos membres et nos
organes; que nous en avons en contraste,
comme l'amour et la haine, et d'autres en
consonnance, comme l'intelligence et la réflexion. Notre ame paraît soumise aux mêmes
harmonies que notre corps, où les parties in-
férieures contrastent avec les supérieures, et

les parties latérales consonnent et se balan-
cent entre elles ; d'ailleurs la joie et la tristesse, l'estime et le mépris, l'espérance et
la crainte, sont plutôt des effets d'une passion
que des passions elles-mêmes.

Le désordre de tous les systèmes de l'ame
humaine vient, en grande partie, de ce que
leurs auteurs n'ont pas étudié les animaux
avant l'homme, ainsi que nous l'avons déjà
dit. Il faut commencer par le plus simple
avant de venir au plus composé. Il n'y a,
selon nous, qu'une passion dans l'animal,
qui résulte de son instinct ; c'est l'amour de
ses convenances et la haine de ses disconvenances. De là dérivent toutes les sympathies
et les antipathies innées dans les animaux,
comme l'instinct qui les fait naître. Les facultés de leur intelligence y ajoutent diverses
modifications. Quand leur imagination combine cet amour ou cette haine, elle les porte
vers l'avenir, et produit en eux l'espérance
ou la crainte. Quand leur jugement s'en sai-
sit et les applique à un objet présent, il en fait
résulter l'estime ou le mépris, la joie ou la
tristesse, le désir ou le dégoût, et par suite,

3*

la jouissance ou la privation. Quand leur mémoire s'en empare, elle les ramène vers le
passé ; elle fait naître le regret, qui s'étend
aux plaisirs évanouis, et la réjouissance, qui
se rapporte presque toujours aux maux évités
ou passés. Ainsi la nature, harmoniant les affections de l'ame, tire souvent la peine du
plaisir, et le plaisir de la peine, en opposant
les effets de la mémoire à ceux de l'imagination.

On voit par cet aperçu que la plupart des
passions prétendues primitives de Descartes,
et de nos moralistes en général, ne sont que
des modifications de l'instinct même de la
puissance animale, combiné avec ses facultés
intellectuelles. Si donc on voulait avoir une
échelle des passions, bien plus régulière et
beaucoup plus étendue que celle que le père
de la philosophie, en France, avait dressée
pour l'homme, il suffirait d'en rapporter les
échelons aux instincts des animaux, en leur
donnant pour termes extrêmes l'amour et la
haine, qui forment la passion proprement
dite. En prenant seulement pour exemple
ceux qui n'ont d'autre but que de peupler,

et qui ont l'amour pour harmonie principale,
on aurait toutes les nuances de cette passion
dans les modifications de leurs instincts. Ainsi,
en les rapportant à la sphère de nos harmonies générales, et en nous bornant ici aux
élémentaires, nous aurions d'abord dans celle
du soleil tous ceux qui brillent des plus riches
reflets de sa lumière et de ses couleurs, tels
que les papillons, les colibris, les faisans, les
demoiselles de Nubie, les paons, qui offrent
sur leurs robes les plus brillantes parures, et
dans leurs mœurs toutes les allures de la co-
quetterie. Ils ne cherchent dans tous leurs
mouvements qu'à plaire aux yeux. Le paon,
quoi qu'on en dise, se pavane, non d'orgueil,
mais d'amour. Il ne cherche à subjuguer aucun oiseau, même dans son espèce ; il n'est
point intolérant comme le coq ; il ne veut
plaire qu'à sa femelle : c'est pour l'éblouir
qu'il fait la roue ; il n'a que la conscience de
sa beauté. Les volatiles de cette classe si bien
parée ne sont sensibles qu'aux plaisirs des
yeux, ils ne le sont poin. à ceux de l'ouïe ;
car ils n'ont pas de voix, ou ils n'en ont que
de discordantes. On peut les comparer à nos

riches petits-maîtres, qui, uniquement occupés de leur parure, ne jouissent de l'amour
qu'en surface. Il n'en est pas de même de
ceux dont l'instinct amoureux se combine
avec les harmonies de l'air : ceux-là ne s'en
tiennent pas, pour plaire, aux avantages extérieurs que la nature leur a donnés; ils y
mettent des sentiments tendres, des expressions ravissantes. A la vérité, leur plumage
n'a rien d'éclatant; mais ils charment les
oreilles par des sons qui pénètrent jusqu'au
cœur : tels sont les fauvettes, les linottes, les
rossignols. On peut rapporter à cette classe
les amants auxquels l'amour inspire des talents : tels sont, en général, les musiciens,
les peintres, les poëtes, revêtus souvent,
comme ces oiseaux, des livrées rembrunies
d'une humble fortune. Quelques-uns de ces
animaux, qui vivent dans les eaux, expriment leurs amours par les mouvements les
plus voluptueux. Une des grandes jouissances
des épicuriens de l'Orient, est d'avoir dans
leurs jardins des bassins où nagent des poissons pourprés, dorés, argentés, connus
maintenant en Europe sous le nom de pois-

sons de la Chine. Rien n'est plus agréable
que les ondulations perpétuelles de ces êtres
sensibles et muets, qui donnent à leurs corps
des expressions aussi amoureuses que les oiseaux en donnent à leur voix, et redoublent
l'éclat de leurs couleurs par les reflets des
eaux. Mais je préfère encore à la grace de
leurs mouvements, celle d'une petite sarcelle
de la Chine, qu'on peut voir au Jardin des
Plantes. Ces charmants oiseaux, dont le
mâle ressemble exactement à la femelle pour
le plumage, ainsi que les pigeons et les tourterelles, n'ont que des bandes ou fascioles
blanches, bleues et pourpres, à la tête et sur
leurs ailes, avec une espèce d'aigrette cou-
chée, comme celle de l'alouette. L'étang où
ils vivent est fort petit, car ce n'est qu'un
tonneau plein d'eau, enfoncé en terre ; mais
on peut dire qu'ils ne se soucient guère de
l'espace qui les environne, car ils y passent
leur vie à se caresser. Ils nagent sans cesse
autour l'un de l'autre, entrelaçant leurs cous,
leurs becs, et se donnant les plus tendres baisers. Dans ces tournoiements perpétuels, ils
font contraster leurs bandes de couleurs avec

tant de rapidité, que les yeux sont éblouis de
la variété des nouvelles formes qui en résultent. C'est une flamme au sein des eaux. Ils
méritent, encore mieux que les tourterelles,
le nom d'oiseaux de Vénus. Ils sortirent de
l'onde avec cette déesse, et se caressèrent
autour d'elle en silence, tandis que les tourterelles gémissaient sur le rivage. Le Tasse,
le poëte des amours, a fort bien senti la grace
et les effets de ces mouvements au milieu des
eaux, lorsqu'il offre aux yeux de Renaud,
dans le jardin d'Armide, deux nymphes sé-
duisantes, qui, en chantant, se disputent un
prix à la nage. Le paladin est bientôt captivé.
Homère, avant le Tasse, avait employé les
jeux et les chants des Sirènes pour séduire le
sage Ulysse. Mais le favori de Minerve échappe
à leurs attraits et au naufrage, en bouchant
les oreilles de ses compagnons, et en se faisant attacher au mât de son vaisseau. On peut
rapporter aux amours de ces dangereuses Sirènes, ceux de nos filles de théâtre, dont la
danse fait la principale séduction. Les animaux de la terre proprement dits, tels que les
quadrupèdes, offrent, dans la beauté et la

grandeur de leurs formes, de nouvelles harmonies en amours. Qui pourrait décrire celles
des taureaux mugissants, des coursiers in-
domptables, des caméléopards des déserts,
des éléphants colossaux et des rhinocéros, que
l'Amour attelle à son char ? Mais qu'est-il besoin de porter nos recherches jusque dans la
zone torride ? Ce dieu, cette passion, cette
flamme créatrice, cette harmonie, a varié ses
lois à l'infini dans cette foule d'insectes qui
pullulent au sein de la terre, des forêts, des
eaux et des airs. Quand je représenterais ici les
amours des divers animaux que j'ai vus peints
sur les quatre faces d'un cabinet du palais de
l'électeur de Saxe, à Varsovie, je n'offrirais
qu'un bien petit nombre des nuances innombrables de cette passion dans les animaux, depuis ceux qui s'abandonnent aux seules im-
pulsions de la lubricité, comme les porcs et
les crapauds, jusqu'à ceux qui semblent s'élever à des affections platoniques, comme les
tourterelles et les rossignols. L'homme, dans
ses égarements, réunit toutes les nuances de
cette passion, depuis les amours du sultan
qui vit dans un nombreux sérail, jusqu'aux

amours si fidèles et si malheureuses d'Abélard
et d'Héloïse.

Si on opposait à ce tableau celui des animaux qui sont créés pour la destruction, tels
que les carnivores, on trouverait en eux
toutes les gradations de la haine réparties à
chacun de leurs instincts. Parmi les beaux
animaux que j'ai appelés solaires, parce
qu'ils vivent à la lumière du soleil, et sur-tout
au sein de la zone torride, il n'y en a point
de cruels. Au contraire, les animaux de nuit
ont tous des couleurs ternes, et en général
sont malfaisants. Un papillon de ce genre
nocturne, appelé *haïe*, à cause de son cri,
porte sur son corselet la figure d'une tête de
mort ; le duvet qui s'échappe de ses ailes en
volant, fait beaucoup de mal aux yeux. Tous
les oiseaux de nuit sont oiseaux de proie, tels
que la chauve-souris, le hibou, le grand-
duc, etc. Ils ont des figures et des plumages
lugubres ; les oiseaux de proie même sont
pour la plupart oiseaux de nuit ; ils ne volent
guère que le matin et le soir, ou au clair de
la lune. On dit que l'aigle contemple le soleil ; j'en doute. Mais il ne voit point les

belles contrées qu'éclaire l'astre du jour ; il
n'habite que les ruines des monuments, les
rochers et les sommets arides des hautes montagnes. Les poëtes en ont fait l'oiseau de Jupiter et son porte-foudre, parce qu'il vit aux
lieux où se forment les orages ; mais il est
certain qu'il voyage la nuit, témoin celui
qu'un astronome de Paris aperçut tout-à-coup
au bout de son télescope, en observant les
étoiles. Les hommes faibles ont toujours at-
tribué des idées honorables à tout ce qui leur
faisait peur : c'est sans doute par cette raison
que les bêtes de proie sont devenues, en Europe, les principales pièces des armoiries des
nobles. Les voix des animaux carnassiers sont
aussi désagréables que leur figure et leur plumage ; ils ne font retentir les airs que de sons
aigus ou glapissants. Les poissons carnivores
n'ont que des couleurs livides et des formes
hideuses, tels que les chiens de mer et les
raies. Quant aux quadrupèdes carnassiers,
comme les loups, les renards, les mar-
tres, etc. la plupart ne sortent que la nuit,
et leur peau, quoique variée de quelques
couleurs tranchantes, comme les bandes du

4.   4

tigre et les anneaux de la panthère, ne présente que le dur contraste du fauve et du
noir; on retrouve ces couleurs dans les guêpes
et quelques insectes carnivores : d'ailleurs,
toute cette classe d'animaux a non-seulement
des couleurs contrastantes qui l'annoncent
au loin pendant le jour, mais elle exhale des
odeurs fortes qui la décèlent au sein des nuits
les plus obscures.

Je l'ai déjà dit, qui pourrait observer tous
les instincts malfaisants des bêtes de proie,
y trouverait toutes les nuances et les expressions de la haine : le lâche appétit des cadavres dans le vautour, la ruse taciturne dans
le renard, la trahison dans l'araignée, les
cris alarmants de la terreur dans l'orfraie, la
soif du sang dans la fouine, la férocité dans
le tigre, la cruauté dans le loup, le despotisme furieux dans le lion. On verrait dans
les serpents, les requins, les polypes marins
aux longs bras armés de ventouses, et dans
d'autres tribus, des animaux qui pâlissent
à la vue de tout être vivant, qui se glissent
pour piquer, qui rampent pour mordre, qui
flattent pour déchirer, qui embrassent pour

étouffer; enfin, des êtres animés de colères silencieuses, de haines caressantes, d'affections meurtrières, qui n'ont point de noms dans les langues des hommes, quoiqu'ils n'en offrent que trop d'exemples dans leurs mœurs.

De la passion des animaux résulte l'action, qui est la jouissance de l'instinct combiné avec l'intelligence. Leurs actions sont raisonnées par eux, comme le prouve l'expérience; leur instinct seul n'est pas le fruit de leur raisonnement, mais il est celui de la nature; il est, ainsi que nous l'avons dit, le pré-sentiment de leurs convenances. Voici comme nous supposons le mécanisme de ces trois facultés morales, l'instinct, la passion et l'action. L'instinct est dans la tête avec l'intelligence, la passion dans le cœur, l'action dans l'organe. L'instinct donne l'idée, l'intelligence l'éprouve, le cœur la sent, l'organe l'exécute, et produit une action sur un objet extérieur. D'un autre côté, un objet extérieur produit sur l'organe une action, l'action un sentiment sur le cœur, le cœur une idée dans l'intelligence.

L'instinct nous semble être à l'ame ce que

la forme est au corps. C'est lui qui la constitue douce ou méchante, industrieuse ou stu-
pide. Il y a plus, nous sommes portés à croire
que c'est lui qui organise le corps, parce que lui
seul a la conscience de ses organes, et qu'il en
donne l'usage à l'animal, sans que celui-ci ait la
moindre idée de leur construction. L'instinct
a des facultés qui correspondent aux organes :
celle de voir, à la vue ; celle d'aimer, au cœur ;
celle de haïr, qui est en rapport avec les
armes dont l'animal est pourvu. On en peut
conclure qu'il a, comme le corps, des qualités qui contrastent, et d'autres qui consonnent entre elles. En effet, il a en opposition
l'amour et la haine, et en consonnance l'intelligence et la réflexion, l'imagination et la
mémoire. Il y a donc toute apparence que
l'instinct a existé avant le corps de l'animal,
qu'il l'a organisé dans le sein maternel ; que
lui seul a le secret de sa construction, de
l'usage de ses organes, de leur entretien, et
quelquefois de leur réparation ; que c'est lui
enfin qui a le plan de la vie entière de l'animal, qu'il dirige dans son ensemble ainsi que
dans tous ses détails. Une autre preuve qu'il

est antérieur à l'animal, et qu'il a organisé ses parties, c'est qu'il ne se détruit jamais, ni par l'éducation, ni par les habitudes, ni par le retranchement des organes. En vain on arracherait au loup ses dents, on ne lui ôterait point son naturel carnassier. Ceux-là sont donc, pour le dire en passant, dans une erreur bien cruelle, qui mutilent des enfants mâles, croyant les délivrer pour l'avenir de la passion de l'amour. La suppression des parties de leur sexe, ne fait que redoubler dans la jeunesse les ardeurs d'un feu qui ne peut plus s'exhaler par les jouissances. Les eunuques de l'Orient ont des sérails : ils étaient hommes par l'ame avant de l'être par le corps. L'instinct donc caractérise l'animal encore plus que ses organes, puisqu'il subsiste lorsqu'ils sont détruits, et qu'il ne fait que s'accroître par leur privation.

Les instincts des animaux n'ôtent rien à l'action de la Divinité : c'est sans doute sa sagesse qui les a créés, puisqu'elle les a balancés les uns par les autres, par toute la terre. Si elle n'avait établi entre eux le plus parfait équilibre, par la diversité même de

4*

leurs qualités, les carnivores auraient bientôt détruit tous les autres. Pour moi, j'aime à concevoir l'ame d'un animal renfermée dans son corps avec son instinct, comme un passager dans un vaisseau avec un pilote chargé seul du soin de la manœuvre, sans que le premier y connaisse rien. Un corps peut renfermer plusieurs ames, comme un arbre renferme plusieurs végétaux, ainsi que nous l'avons démontré. Un arbre greffé en porte de plusieurs espèces. Mon hypothèse est peut-être la seule qui puisse expliquer, du moins dans l'homme, les combats de ses diverses passions, ainsi que nous le verrons aux harmonies humaines.

Nous en avons dit assez sur les animaux pour faire voir qu'ils ne sont pas de simples machines passives, comme le prétendait Descartes. Selon lui, ils ne devaient leurs actions qu'à l'impression des objets extérieurs : autant valait dire qu'ils lui devaient aussi leurs formes et leurs organes. Au reste, ce grand homme n'en est pas moins chez nous le père de la philosophie. C'est lui qui a appris à notre raison à secouer le joug de l'autorité.

Mais, comme a dit Voltaire, il nous a si bien enseigné à douter de la philosophie des anciens, qu'il nous a appris à douter de la sienne. Après tout, rien n'est plus difficile que de tracer des méthodes dans l'étude de la nature, et sur-tout dans celle de la morale. D'abord notre langue manque souvent d'expressions justes : elles sont ou trop faibles, ou trop fortes; quelquefois elle n'en fournit point du tout. Nos mots dérivés et composés n'ont plus la même signification que les mots simples qui les ont produits; ils sont comme certains végétaux, dont les tiges ont d'autres vertus que leurs racines. Par exemple, j'ai défini l'instinct le pré-sentiment des convenances de l'animal. Pour conserver au mot pré-sentiment la signification que je lui donne, je suis obligé de séparer la particule *pré*, qui signifie *avant*, du mot sentiment : alors il signifie avant-sentiment, qui dit plus, ce me semble, que pressentiment, qui ne signifie guère qu'un sentiment douteux et confus de ce qui doit arriver; tandis que l'avant-sentiment de l'instinct dans l'animal, est sûr, décidé et clairvoyant.

Il en est de même des mots re-gret et ré-jouissance, que j'ai employés au même lieu, comme des effets de l'instinct combiné avec la mémoire. La particule *re* paraît une abréviation du mot latin *iterum*, ou de son vieux synonyme français, *derechef*. Ainsi, re-gret et re-grettable, viennent de *iterum gratus*, derechef agréable, et ré-jouissant de *iterum gaudens*, derechef jouissant. Celui-ci signifie, dans l'origine, jouissant une seconde fois, si on en sépare la particule *re*; car, en le joignant immédiatement avec elle, il ne comporte qu'une idée unique de joie. Ce qu'il y a de singulier, c'est que ces deux mots composés, ayant deux racines du même sens à-peu-près et la même préposition, ils aient un sens tout-à-fait opposé; car le regret apporte de la peine, et la réjouissance du plaisir : c'est que le regret se porte sur les plaisirs perdus, et la réjouissance sur les plaisirs retrouvés.

En général, les mots composés ont beaucoup plus de force que leurs racines; mais ils présentent souvent un tout autre sens. Tels sont ceux où entre la particule *in*, négative lorsqu'elle est synonyme de non. *In-fans*, enfant, dit plus que *non fans*, qui ne parle pas ; insolent, que *non solens*, qui n'a pas coutume ; injurieux, que *non habens jus*, qui n'a pas droit ; impertinent, que *cui non pertinet*, à qui il n'appartient pas ; infidèle, que non fidèle ; impiété, qui suppose une injure à l'égard de la Divinité, que la non piété, qui n'affirme que de l'indifférence ; incrédulité, refus de croire par orgueil, vice du cœur, que la non crédulité, qualité du jugement ; car la crédulité est elle-même un défaut de l'esprit : d'où l'on voit qu'en séparant simplement d'un trait des mots composés, on leur donne quelquefois un sens différent de celui qu'ils avaient dans leur composition. Souvent ce nouveau sens est plus faible : *Vis unita major*, les forces augmentent par leur union.

Ce qu'il y a de plus embarrassant, c'est que ces particules adjectives ont souvent des significations opposées. Ainsi, *in*, privatif et expulsif dans les exemples ci-dessus, est positif et collectif dans incorporé, incarcéré ; mais ce qu'il y a de plus singulier, c'est qu'il

signifie à-la-fois dedans et dehors dans les
mêmes dérivés. Incorporé veut dire entré
dans un corps, et *incorporable*, qui n'y est
pas encore entré. Il en est de même d'incarcéré et d'incarcérable. Au reste, j'aurai atten-
tion de séparer par un simple trait les mots
composés, de leurs prépositions, lorsque
j'aurai besoin de les ramener à leur signification primitive ; ce qui sera plus expédient
qu'une périphrase, et plus usité qu'un mot
nouveau.

Quant aux mots collectifs de règne, de
classe, d'ordre, de famille, de genre, d'espèce et de variété, dont se servent les naturalistes, ils ont sans doute beaucoup d'insi-
gnifiance, d'arbitraire et de confusion. Le
règne ne convient qu'à Dieu, comme nous
l'avons dit dès le commencement de ces harmonies. La classe ne signifie qu'une agrégation, qui se rapporte autant aux genres
qu'aux ordres mêmes. L'ordre s'applique à
tout ce qui est ordonné. La famille comporte
l'idée de parenté, et convient encore mieux
aux individus de la même variété, aux variétés de la même espèce, et aux espèces du

même genre, qu'à des genres rapprochés, auxquels on l'applique, parce que ceux-ci ont entre eux moins de ressemblance. Celui de genre a une signification plus déterminée, parce qu'il engendre en effet les espèces. Nous avons suppléé à la plupart de ces noms en y substituant ceux de puissance, d'har- monie, de genre et d'espèce.

Malgré les embarras, l'insuffisance de notre langue, et les préjugés qui enveloppent notre raison, nous allons tâcher de donner une idée de la puissance animale et de ses déve- loppements. Comme les premiers naviga- teurs, qui se hasardèrent en pleine mer sans octant et sans boussole, vinrent cependant à découvrir les principales parties du globe en lâchant de temps en temps dans les airs un oiseau de terre, afin de découvrir par son vol et son instinct les îles qu'ils n'apercevaient pas sur leur horizon : ainsi, en consultant l'instinct des animaux comme le vol de leur âme, nous pourrons faire quelque découverte dans la sphère immense de la vie, et en dé- terminer au moins les principaux cercles. C'est ainsi que Noé, sous un ciel nébuleux,

jugea, par le vol du corbeau et celui de la
colombe, de l'état de la terre inondée par
l'Océan. Ce fut sur-tout l'oiseau des amours
qui, en lui rapportant un rameau vert d'oli-
vier, lui fit juger que les montagnes apparais-
saient au-dessus des eaux et devenaient habi-
tables. Pour connaître donc les premières
bases de la puissance animale, et même de
la puissance humaine, nous nous guiderons
aussi par leurs amours.

Les animaux doivent leur nom, comme
nous l'avons déjà dit, au mot *anima, ame,*
parce qu'ils sont animés. Du mot ame nous
avons dérivé celui d'aimer, parce que la nature de l'ame est d'aimer. En effet, toutes
ses affections ne sont que des amours, tels
que l'amour de soi, l'amour de ses convenances, l'amour fraternel, conjugal, maternel.
La cruauté même des bêtes féroces, ce principe
de haine qui les anime contre d'autres espèces, n'est qu'un amour du sang et du carnage.

Les ames sont pré-existantes au corps des
animaux; ce sont elles qui le forment dans le
sein maternel par la médiation même des
amours. Le soleil et la lune en sont les pre-

miers moteurs ; car leur gestation, leur naissance, leurs développements, leurs amours
et leur mort, sont réglés dans chaque espèce
d'après les diverses phases et périodes de ces
astres. L'ame d'un animal n'est pas simple ;
elle a deux facultés en consonnance, l'intelligence et la réflexion. Il ne suffirait pas à
un animal d'avoir les idées de ses besoins par
l'instinct ou l'intelligence ; s'il ne les rappor-
ait à soi-même par la réflexion, elles ne se
représenteraient à son ame que comme des
images dans un miroir, il ne les verrait que
comme des idées qui lui seraient étrangères ;
mais c'est en se les appliquant par la réflexion,
qu'il procède à l'action qui les suit. C'est
ainsi que si son corps n'était formé que de sa
moitié droite, encore que cette moitié ren-
fermât tous ses organes, il resterait sans ac-
ion, ne pouvant ni marcher, ni manger, ni
e reproduire. Son ame est donc composée
de deux moitiés en consonnance avec les
mêmes facultés, comme son corps est formé
de deux moitiés en consonnance avec les
mêmes organes. Or, comme c'est l'ame qui
développe le corps dans le sein maternel, on

4.   5

en peut conclure que les harmonies morales
précèdent et ordonnent les physiques, et que
la fraternelle est la première de toutes. C'est
cette même harmonie fraternelle qui assem-
ble, non-seulement les deux moitiés de la
même ame et du même corps, en les rendant
semblables, mais les ames des ames, et en
forme des familles et des tribus. L'ame a
deux moitiés en consonnance, elle en a aussi
deux en contraste comme le corps; elle a ses
inimitiés comme ses amitiés au dedans d'elle-
même et au dehors : c'est ce que nous verrons
aux harmonies fraternelles, positives et né-
gatives. Non-seulement l'ame d'un animal
n'est pas simple, mais elle n'est pas unique;
elle semble composée de plusieurs ames qui
agisent toutefois de concert, comme le corps
lui-même est formé de plusieurs matières
différentes, telles que les nerfs, la chair, les
os, qui sont en harmonie. Au reste, il ne
doit pas nous paraître plus étrange de concevoir plusieurs ames renfermées dans la
peau d'un seul animal, que plusieurs végétaux sous l'écorce du même végétal, et d'y
en voir même de greffés d'espèces différentes.

La lumière du soleil, si pure, ne renferme-t-elle pas toutes les couleurs?

Depuis le lombric ou ver de terre, tout nu, qui n'a pas l'industrie de se revêtir d'un fourreau, jusqu'à Newton, qui forma un système du monde, nous distinguons cinq genres d'ames : l'élémentaire, la végétale, l'animale, l'intelligente, et la céleste. Les quatre premières appartiennent au plus petit insecte, et la cinquième à l'homme seul.

L'ame élémentaire des animaux est ce premier principe de l'existence qui leur est commun avec tous les corps, c'est l'attraction. L'attraction paraît adhérente à la matière; elle agit sur le rayon de lumière qu'elle détourne vers l'angle d'un corps qu'on en approche; elle arrondit en gouttes de pluie la vapeur qui nage en l'air, et la cristallise en étoiles de neige à six rayons lorsqu'elle s'en échappe. Elle agrège dans le sein de la terre les grains de sable en cristaux, et les métaux en pyrites; elle fait monter la sève dans les vaisseaux capillaires des végétaux, et circuler le sang dans les veines des animaux; elle agit

sur-tout sur leurs nerfs, dont elle paraît être
le premier mobile ; elle semble se décomposer ou se composer en magnétisme, en électricité, en feu et en lumière. Le grand foyer
de l'attraction est le soleil, qui l'exerce sur
tous les corps planétaires qu'il fait tourner
autour de lui. Ceux-ci en sont pénétrés, et
l'exercent à leur tour sur les satellites qui
tournent autour d'eux, et tous ensemble sur
les corps qui sont fixés à leur circonférence
par la pesanteur, ou qui se meuvent sur elle,
parce qu'ils paraissent avoir en eux un principe isolé d'attraction : tels sont les animaux.
Les réservoirs et les conducteurs de l'attraction sont principalement les corps planétaires
dans les cieux, et les métaux sur la terre.
Les uns et les autres paraissent être en harmonie. Leur analogie se manifeste d'abord
par l'identité de leurs noms dans l'ancienne
chimie, ensuite par leur éclat, leur pesanteur,
et leurs influences. L'or, par exemple, le
plus pesant des métaux, a des rapports frap-
pants avec le soleil par son poids, son incor-
ruptibilité, sa couleur jaune, son éclat, sa
ductilité, qui approche de celle de la lumière ;

et parce qu'il est le premier mobile des sociétés humaines, comme le soleil l'est du
système planétaire. La lune, après le soleil,
a le plus d'influence sur la terre, dans un
rapport égal à celui que l'argent, qui lui est
analogue par sa blancheur, a avec l'or : c'est-
à-dire que l'argent, à son tour analogue à la
lune par son éclat et son nom, ne vaut sous
la Ligne qu'un peu plus de la douzième partie
de l'or. Ainsi sa valeur est avec celle de l'or
dans la même proportion que la lumière de
la lune avec celle du soleil, puisqu'il faut en-
viron douze mois et demi lunaires pour composer une année solaire, ou, si l'on veut,
parce que la lumière de la lune est douze fois
et demie plus faible, comme je crois m'en
être assuré. On pourra voir, aux harmonies
solaires, les harmonies des autres métaux
avec les autres planètes ; mais ce que je ne
me rappelle pas y avoir dit, c'est que le pla-
tine, qui n'est, pour ainsi dire, pour nous,
qu'un métal de pure curiosité, a été découvert à-peu-près en même temps que la pla-
nète si éloignée d'Herschell. Il en est de
même de plusieurs métaux, trouvés de nos

5*

jours aux mêmes époques que plusieurs satellites.

On me dira peut-être que je renouvelle
d'anciennes erreurs par des rapprochements
fort éloignés ; mais je ne fais que suivre les
ruines de l'ancien temple de la science, qui a
été élevé bien plus haut que nous ne croyons.
D'ailleurs tout est lié dans la nature. Les couches concentriques d'un ognon sont en harmonie avec les mois de la lune, et celles d'un
arbre avec les années du soleil : pourquoi
l'argent et l'or n'y seraient-ils pas avec ces
deux astres ? Plusieurs métaux ont, comme
les planètes, des principes connus d'attraction. L'or attire le mercure, que le soleil vo-
latilise ; et l'aimant le fer.

Il paraît donc constant que les métaux ont
des analogies avec les planètes par leur pesanteur, leur éclat, leurs attractions ; ils en
ont encore par leur électricité, dont le soleil
est la source. Non-seulement ils en sont les
conducteurs, mais les foyers permanents :
c'est ce que prouvent les expériences du galvanisme, dont nous parlerons bientôt. En attendant, nous observerons que l'électricité

est un fluide de feu, souvent non apparent, qui circule dans tous les corps, et passe de ceux qui en ont plus dans ceux qui en ont moins. Elle est divisée par ses effets en électricité positive et en électricité négative, et peut-être le serait-elle même en active et en passive.

Elle paraît un des premiers mobiles de la végétation et de l'animation. C'est après les orages les plus fulminants que les plantes végètent, fleurissent et fructifient avec le plus de vigueur ; c'est encore alors que les générations des insectes se multiplient avec tant de rapidité, que le vulgaire les croit quelquefois tombés du ciel. L'électricité semble être le flambeau des amours ; elle en allume les feux dans l'âge adulte. De ces feux électriques, les uns sont soli-lunaires, et les autres luni-solaires. Les soli-lunaires se manifestent dans la vie des animaux mâles, dans les parures de leurs corps, qu'ils revêtent de couleurs plus vives, sur-tout ceux des mâles ; dans les oiseaux, et même dans les quadrupèdes carnassiers, dont les yeux brillent dans l'obscurité, et dont les poils se hérissent et jettent des étincelles.

Nous sommes tentés de croire que l'électricité se communique aux plantes par l'entremise des métaux. Sans rapporter ici des exemples extraordinaires consignés dans des recueils savants, tels que celui d'un cep de vigne de Tokai en Hongrie, qui avait crû sur une mine d'or, et dans les feuilles duquel on trouva des filets d'or, nous citerons les expériences faites par un grand nombre de naturalistes, entre autres par le célèbre Geoffroy : elles prouvent qu'il n'y a pas un seul végétal dans les cendres duquel on ne trouve du fer. On peut aisément concevoir que ce métal, qui est dissous en particules invisibles dans les eaux ferrugineuses, se mêle à la sève des végétaux ; mais comme nous savons, d'un autre côté, qu'il est un des plus puissants conducteurs de l'électricité, nous ne nous éloignerons pas de la vraisemblance en le regardant comme la cause de ses phénomènes dans la végétation. Il se manifeste sur-tout dans les fleurs rouges ; car c'est lui qui leur donne cette couleur, comme j'en ai vu l'expérience sur une rose.

Le fer existe pareillement dans les animaux.

Il donne à leur sang la couleur rouge ; il s'y fait sentir au goût même par une saveur ferrugineuse. C'est par le fer que le sang de bœuf contient, que, lorsqu'il est brûlé, il prend une couleur bleue, et devient ce qu'on appelle bleu de Prusse. Il est donc certain que le fer donne aux végétaux et aux animaux les couleurs rouge et bleue, et toutes les harmonies qui en dépendent, comme l'orangée, la pourprée, la violette. On pourrait y joindre encore la couleur noire, comme le prouve la teinture qui résulte de la combinaison de la noix de galle et du fer.

Si nous avons découvert que le fer entre dans la composition des végétaux et des animaux, c'est par le moyen de leur cinération et de l'aimant. Si on eût fait les mêmes expériences sur leurs cendres avec le mercure, qui est l'aimant de l'or, peut-être y aurait-on trouvé des parcelles de ce métal. Je suis porté à croire que les végétaux et les animaux qui ont des couleurs jaunes, les doivent à une teinture d'or. J'ai ouï dire au savant chimiste Sage, auquel j'ai vu faire les expériences sur le rouge des fleurs, du vin et du sang, que

la couleur jaune annonçait dans les cailloux
la présence de l'or. Pourquoi n'indiquerait-
elle pas aussi ce riche métal dans les végétaux
et les animaux? C'est la couleur du soleil,
ou du moins la première décomposition de ses
rayons, qui paraissent un or volatilisé. J'ai
avancé quelque part que le diamant était une
concrétion de sa lumière. Je hasardais cette
opinion sur ce qu'en brûlant le diamant dans
un creuset, il ne restait aucune matière. Une
expérience du chimiste Morveau vient d'y
trouver pour résidu un acide carbonique, au
moyen duquel il a fait de l'acier. Il en conclut
que le diamant est un charbon. Il reste à savoir si c'est le feu de l'expérience, ou le soleil, qui en a fait un charbon. Ce serait, dans
cette dernière supposition, celui de la lumière, dont l'or, d'un autre côté, semble être
une concrétion. Ce qu'il y a de certain, c'est
que le soleil ne forme l'un et l'autre que dans
la zone torride, comme on le voit par les
latitudes des mines d'or et de diamants. S'il
se trouve de l'or hors des tropiques, c'est que
la mine qui le fournit y a été renfermée autrefois, comme je l'ai prouvé, d'un autre

côté, par les fossiles des végétaux et des animaux torridiens qui sont dans leur voisinage.
Il y a des mines d'or en Sibérie; mais il y a
aussi beaucoup de débris de palmiers, de
squelettes et de dents d'éléphants. Quant aux
diamants, je n'ai pas ouï dire qu'on en eût
encore trouvé dans les zones tempérées ou
glaciales, peut-être faute de les y avoir cherchés. Un diamant brut ne se découvre pas
comme l'or par son éclat, car il ne ressemble
qu'à un grain de sel; mais il a ceci de commun avec l'or, qu'il est le plus pesant de tous
les cailloux non métallisés, comme l'or est
le plus lourd des métaux.

Si donc la terre, sous l'influence la plus
active du soleil, sert de matrice à l'or, pourquoi les végétaux et les animaux qui pompent
ses rayons, et combinent en leur propre substance leurs particules ignées, ne renferme-
raient-ils pas aussi des parcelles d'or, comme
ils en contiennent de fer? Il est très-remarquable que la couleur jaune, indicatrice de
l'or dans les pierres, se manifeste dans la
plupart des germes des semences, et sur-tout
dans cette poussière jaune des anthères qui

féconde leurs fleurs. Presque toutes les anthères des fleurs sont jaunes, et elles sont
placées au foyer d'un réverbère formé par
des pétales, dont les courbes réfléchissent sur
ces parties masculines toutes les influences
des rayons du soleil. Au contraire, les stig-
mates, ou ouvertures du pistil, qui en sont
les parties féminines, sont blancs, et semblent
établir, par leur couleur, d'autres rapports
avec les influences des rayons de la lune. Les
fleurs de quelques plantes paraissent phosphoriques la nuit, entre autres la capucine.
Enfin, lorsque les végétaux viennent à se décomposer, les feux dont ils s'étaient imbibés,
semblent s'en dégager en partie , et apparaissent en lueurs bleuâtres : telles sont celles
des bois pourris.

Les mêmes effets de la lumière et de l'é-
lectricité peuvent se reconnaître dans les animaux. Leur cerveau et leurs nerfs , qui sont
en quelque sorte leurs premiers germes, sont
d'un blanc mêlé de jaune. Leurs nerfs sont,
comme les fils d'or et d'argent, de puissants
conducteurs de l'électricité. Celui qui aboutit
à leurs yeux, les rend quelquefois étincelants

dans les transports de l'amour ou de la colère.
Enfin, dans la dissolution des animaux, les
particules de la lumière qui entraient dans
leur composition, se manifestent souvent en
lueurs phosphoriques, sur-tout dans les poissons marins, parce que la mer est le grand
réceptacle des éléments. Elle est si imprégnée
de celui du feu entre les tropiques, qu'elle
en paraît la nuit toute lumineuse ; mais lorsqu'elle flue de la zone torride vers notre pôle,
pendant notre hiver, non-seulement elle en
adoucit la rigueur sur nos côtes, en attiédis-
sant leur atmosphère par sa chaleur, mais
elle est peut-être, par ses émanations phosphoriques et ses ondulations, la cause de ces
aurores boréales ondoyantes qui, l'hiver,
éclairent les nuits des contrées septentrionales, et qui n'y apparaissent qu'après l'équi-
noxe d'automne, époque de sa révolution du
midi au nord. Non-seulement l'attraction,
le magnétisme, l'électricité et la lumière
sont dans les métaux, les végétaux et les
animaux ; mais le feu lui-même qui les produit, y est en nature et dans un état de repos,
que le mouvement manifeste. Des physiciens

4.   6

suédois viennent de produire, par le simple
frottement de deux plaques de fer, une chaleur qui fait bouillir de l'eau dans un vase,
sans que ces deux plaques s'usent sensiblement. C'est un nouveau moyen de se chauffer.
Nous ne pouvons pas douter que le bois ne
contienne beaucoup de feu, puisqu'il en
fournit sans cesse à nos foyers.

Quant aux animaux, leur chaleur manifeste assez le feu qui les anime. L'homme en
est le mieux pourvu ; sa chaleur naturelle est
la même que celle qui fait éclore les œufs des
oiseaux ; il peut l'augmenter par le simple
frottement de ses membres : ils produisent
alors de la chaleur, comme les deux plaques
de fer de l'expérience suédoise ; c'est une
preuve de plus des rapports des nerfs avec les
métaux. Les uns et les autres sont aussi des
conducteurs et des foyers de l'électricité,
comme nous le verrons par l'expérience du
galvanisme.

Un animal a, avec son ame élémentaire,
une ame végétale qui en est très-distincte.
S'il n'avait qu'une ame élémentaire, elle met-
trait son corps en boule par son attraction ;

ou en aigrette par son électricité, ou en telle
autre forme analogue à celle des cristaux ou
des pyrites. Mais l'ame végétale a, si j'ose dire,
sous ses ordres la première avec toutes ses
facultés mécaniques. Je la compare à un ma-
çon servi par un apprenti qui lui apporte tous
les matériaux dont il a besoin, tandis qu'il les
dispose par assises et par chaînes pour élever
son édifice. L'ame végétale organise le corps
d'un animal ainsi que celui d'un végétal,
mais d'une manière plus régulière, et sans
contredit beaucoup plus compliquée. Elle le
symétrise d'abord dans le sein maternel en
deux moitiés parfaitement semblables, et en
deux moitiés opposées tout-à-fait différentes.
Après avoir établi ces consonnances et ces
contrastes, elle développe et façonne son cerveau, ses nerfs, son cœur, ses veines, ses chairs,
ses os, ses entrailles, sans qu'il en sente rien.
Venu à la lumière, elle entretient la respiration de son poumon et la circulation de son
sang, même pendant son sommeil, sans qu'il
s'en mêle en aucune manière. Elle fait de
même toutes les fonctions de sa digestion et
de sa nourriture, au moyen de ses intestins,

qui sont comme autant de racines. S'il vient
à être blessé, elle répare ses plaies, et les ci-
catrise en les recouvrant d'une nouvelle peau.
Quelquefois elle lui engendre des membres
tout entiers quand il les a perdus, comme on
le voit dans les crabes, dont les pates repoussent toutes façonnées, avec leurs articulations
et leurs pinces. Elle fabrique de nouveaux
bras à ces crustacés, comme aux arbres de
nouvelles branches. Que dis-je ! elle produit
sur les corps des animaux plusieurs espèces
de végétaux qui, toutefois, ne fleurissent et ne
fructifient point, quoique bien enracinés : tels
sont les poils, les plumes, les écailles, les
ongles, les cornes. Chacune de ces végéta-
tions a ses lois particulières : les cornes lisses
des bœufs sont permanentes, et les bois four-
chus des cerfs tombent tous les ans. Elle varie à l'infini les formes des animaux; cependant elle ne s'écarte jamais des lois des consonnances et des contrastes, qui composent
chacun d'eux de deux moitiés égales et de
deux moitiés opposées. Il est bien certain que
chaque animal a en lui une ame végétale qui
s'occupe de tous ces soins. Mais ce qui pa-

raît le plus étonnant, c'est que pendant qu'elle développe en lui, je suppose, les parties du sexe mâle, une autre ame, souvent fort loin de là, fabrique à un animal de la même espèce les parties du sexe femelle; et, comme si elles pouvaient s'entendre, elles leur donnent un instinct commun pour se rapprocher, et des formes ou des couleurs différentes pour se reconnaître. Les amours des animaux, comme ceux des végétaux, sont réglés sur les diverses périodes du soleil et de la lune. Lorsque la femelle est fécondée, elle reproduit de nouvelles ames. L'amour est une flamme qui, comme celle du feu, se communique et se multiplie sans s'affaiblir. Ce sont les astres des jours et des nuits qui en sont les premiers mobiles. La terre, dans sa course journalière et annuelle, déploie en spirale la circonférence de ses deux hémisphères; le soleil l'entoure de ses rayons, comme de fils d'or tendus sur un métier; la lune, semblable à une navette céleste, les croise et les entrelace de ses rayons d'argent. Les végétaux et les animaux éclosent, se développent, et se perpétuent par ces harmonies soli-lunaires et luni-solaires : on

6*

ne peut en douter; mais comment celles-ci auraient-elles le pouvoir de créer des ames végétales si intelligentes, et de les mettre en rapport entre elles et avec les éléments? Comment, d'un autre côté, ces ames, séparées de ces rayons et renfermées dans des corps isolés, auraient-elles le pouvoir de les réparer et de les reproduire? Il faut donc admettre nécessairement une ame universelle souverainement puissante et intelligente, qui a créé d'abord et organisé des germes divers pour en composer l'ensemble du monde, et a donné à l'astre du jour et à celui des nuits le pouvoir de les développer par des ames mécaniques; ou, ce qui revient au même, qui a créé des ames végétales pour organiser la matière, et donné au soleil et à la lune de les mettre en activité. Si on peut comparer la faible industrie de l'homme à celle de l'Être suprême, ces ames mécaniques ou végétales ressemblent à ces machines conçues par un savant artiste, et dont les forces mises en mouvement par l'action du feu, ou par le cours des vents et des ruisseaux, expriment des liqueurs, pulvérisent des grains en farines, scient des planches, frappent même des monnaies avec leurs légendes, sans que ces moteurs si ingénieux aient le sentiment et la connaissance de leurs opérations.

L'ame végétale de l'homme réunit et développe dans son corps les plus belles formes, qui ne sont que réparties dans le corps des animaux; elle fixe sa taille et ses forces avec une proportion admirable. Ainsi, en lui faisant occuper le centre de la sphère de leur puissance, elle lui en assure l'empire. C'est ce que nous verrons plus en détail, lorsque nous nous occuperons de l'ensemble du corps de l'homme, aux harmonies humaines.

Après les ames élémentaires et végétales des animaux, qui ne sont que des espèces d'aimants insensibles, nous en distinguons une troisième, qui est l'ame animale : c'est l'ame proprement dite. Elle donne son nom à l'animal, parce qu'elle l'anime ; elle seule a le sentiment de son existence et de celle du corps; elle a la conscience de ses organes, dont elle fait usage sans rien comprendre à sa construction; elle est occupée principale-

ment du soin de lui fournir des aliments,
dont le premier est encore le feu solaire fixe,
et combiné, comme nous l'avons vu, avec
la substance des végétaux : il passe de là dans
la chair des animaux, dont il entretient la vie.
Ce feu nourricier s'y fixe encore pour servir,
après leur mort, de pâture aux bêtes carnas-
sières. Il ne s'harmonie point ainsi avec la
terre, car les animaux n'en font point leur
nourriture. Les substances végétales et animales sont les seules qui s'imbibent, comme
des éponges, de ce feu alimentaire, auquel
l'homme ajoute encore, pour ses besoins, le
secours du feu terrestre.

L'ame animale est la seule qui soit susceptible de douleur et de plaisir, par l'entremise
des nerfs répandus dans toutes les habitudes
du corps, et sur-tout à la peau. Ce sont eux
qui l'avertissent des dangers du corps par le
tact ; elle ne sent plus rien s'ils viennent à être
paralysés. Le foyer de ses sensations est au
cœur ; c'est encore là que réside l'instinct avec
ses passions, dont la principale est l'amour
de soi, qui se décompose dans chaque animal en amour de ses convenances et en haine

de ses disconvenances, mobiles de toutes ses actions.

Les ames élémentaires et végétales agissent toutes par des lois communes à tous les animaux; elles sont si semblables dans chacun d'eux, qu'on est tenté de croire que c'est une ame universelle qui forme leur corps, l'entretient et le répare. Ces ames assemblent de la même manière le fœtus du loup et celui de l'agneau dans le sein maternel; elles opèrent aussi également dans leur estomac la circulation du sang, la digestion, la nutrition, quoique l'un soit carnivore, et l'autre herbivore : mais l'ame animale est particulière à chacun d'eux, chacune a son instinct qui lui est propre. Celle du loup lui inspire, dès la naissance, le goût de la chair et du sang; et celle de l'agneau, celui des herbes tendres et des ruisseaux limpides. Celle du loup diffère même de celle du chien, quoique leurs corps aient tant de ressemblance. L'instinct du loup l'éloigne de l'homme, et celui du chien l'en rapproche, sans que l'éducation et les habitudes puissent altérer ces différences. Chacun d'eux apporte en naissant son caractère pater-

nel, dont l'empreinte est ineffaçable; leur
ame a préexisté à leur corps. Je suis très-
porté à croire que c'est elle qui le façonne,
et lui donne sa physionomie; elle imprime
à celle du loup des traits féroces, que l'œil
inattentif de l'homme confond avec ceux du
chien de berger, souvent aussi hérissé que
le loup; mais l'agneau ne s'y méprend jamais : il distingue, au premier aperçu, au
simple flairer, son tyran de son défenseur.

D'où viennent ces haines et ces affections
innées ? Je n'en sais rien ; je vois bien que
les résultats en sont bons, et qu'ils sont re-
latifs à l'homme. Il est certain que les animaux frugivores et herbivores auraient bientôt dépouillé la terre de tous ses végétaux, si
les bêtes de proie n'en arrêtaient la population : d'un autre côté, celles-ci, en se multi-
pliant, détruiraient bientôt toutes les espèces
animées, si l'homme, à son tour, ne leur ser-
vait d'obstacle. Au fond, dans cette lutte meur-
trière, on ne peut accuser la nature d'injustice et de cruauté. Quand elle fait manger un
animal par un autre animal, elle n'enlève
pas, comme un brigand à l'égard d'un autre

homme, une vie qui ne lui appartient pas. C'est elle qui a tout donné à tous, elle peut donc tout leur reprendre ; elle a tiré du fleuve de la vie une infinité de ruisseaux qu'elle fait circuler sur la terre, elle peut les faire passer les uns dans les autres à son gré. La mort n'est pour chaque animal qu'une modification de son existence, sa vie est transportée de son corps dans celui qui l'a dévoré ; cependant l'ame qui l'animait a une autre destinée. L'ame de l'agneau ne passe point dans celle du loup : son sang si doux ne fait qu'accroître la soif cruelle de son tyran. Que deviennent donc à la fin l'ame innocente de l'un, et l'ame féroce de l'autre ? Je l'avoue, je ne sais pas plus où elles vont que d'où elles viennent. Cependant, s'il m'est permis dans un sujet si obscur de hasarder quelques conjectures, je serais porté à croire à la métempsycose, comme les Indiens. Ces peuples, les plus anciens de la terre, pensent, d'après les traditions de la plus profonde antiquité, que les ames des hommes passent, après la mort, dans le corps des animaux, suivant les passions qui les ont dominés pendant leur vie :

celles des cruels, dans les tigres et les lions ;
des politiques perfides, dans les renards et les
serpents ; des gourmands, dans les porcs, etc.
Il est certain que l'homme réunit en lui les
passions de tous les animaux, et que celle qui y
devient dominante ou par la nature ou par l'habitude, se manifeste dans sa physionomie par
les traits de l'animal qui en est le type. On pré-
tend qu'on peut en reconnaître l'expression en
mettant sa main sur sa bouche, et ne laissant
apparaître que le front, les yeux et le nez.
Jean-Baptiste Porta a tracé des visages qui
ont des traits sensibles de bœuf, de tigre, de
porc, etc. Mirabeau, un des premiers moteurs de notre révolution, avait dans sa large
tête, ses petits yeux et ses mâchoires proémi-
nentes, je ne sais quoi de la hure d'un sanglier. J'ai vu telle femme à grand nez re-
courbé, et à petite bouche vermeille, qui res-
semblait fort bien à une perruche. Enfin,
l'homme et la femme sont susceptibles de
toutes les passions des animaux, de leurs
jouissances et de leurs maladies ; le soleil et
la lune en développent les diverses périodes.

Enfin, une quatrième ame se manifeste dans

les animaux, c'est l'intelligente : c'est elle qui gouverne l'ame animale ; elle a en partage l'imagination, le jugement et la mémoire ; comme l'autre, l'instinct, la passion et l'action. L'ame intelligente réside dans le cerveau, et l'animale dans le cœur ; chaque espèce d'animal a une portion de l'une et de l'autre, qui lui est particulière et qui la caractérise. La fourmi républicaine, comme l'abeille, aime aussi le miel ; mais elle ne s'avise point de le recueillir sur les fleurs, et d'en faire des ruches dans ses souterrains ; elle ne s'occupe qu'à y ramasser les débris des végétaux et des animaux, pour lesquels la nature l'a destinée. L'ame intelligente de chaque espèce d'animal n'est qu'un rayon particulier de la sphère de l'intelligence commune à tous les animaux, comme son ame animale n'est qu'un rayon de la sphère de leurs passions.

L'homme seul réunit en lui la plénitude de ces deux sphères ; il est susceptible de toutes les industries comme de toutes les jouissances : on l'appelle par excellence l'animal raisonnable, parce que son esprit est

4.   7

susceptible de concevoir toutes les raisons ou les rapports des êtres ; on pourrait le nommer encore par excellence l'animal animé, parce que son cœur est susceptible de toutes les passions des animaux.

Mais il a une ame bien supérieure aux deux précédentes, c'est une ame céleste. Il est le seul des animaux qui ait le sentiment de la Divinité ; c'est là son instinct proprement dit. Celui de chaque être sensible l'attache à un site, à une plante, et celui de l'homme à Dieu. Ce sentiment naît avec lui et étend ses désirs au delà de son horizon et de sa vie ; il est commun aux peuples sauvages comme aux peuples civilisés. C'est au sentiment de l'existence d'un Dieu que l'homme doit celui de l'infini, de l'universalité, de la gloire, de l'immortalité, lequel venant à s'harmonier avec son intelligence, lui a fait faire tant de progrès dans les sciences et dans les arts, et donne tant d'étendue à ses passions lorsqu'il se combine avec elles. C'est à cet instinct de la Divinité qu'il doit celui de la vertu, qui règle ses innombrables désirs vers le bonheur de ses semblables, dans la crainte ou l'espérance que lui inspire le sentiment d'un Être suprême, vengeur et rémunérateur. Cet instinct céleste est le fondement naturel de toute société humaine. Il a aussi des instincts animaux : tels sont les sympathies et les antipathies, les goûts et les répugnances pour certains états, qui produisent ou de grands talents, ou des non succès. Ces sentiments sont innés, et l'éducation ne peut les surmonter; mais celui qui domine tout homme au sein de la nature, est le sentiment de son Auteur, et c'est peut-être à ce sentiment qu'il doit celui de cette sphère universelle d'intelligence qui le rend si supérieur aux autres animaux. Ce qu'il y a de certain, c'est que les plus savants des hommes, les Socrate, les Platon, les Newton, ont été aussi les plus religieux. Nous développerons les effets de l'ame céleste aux harmonies humaines.

Résumons ce que nous venons de dire sur les diverses ames et leurs facultés principales. L'ame élémentaire, qui ne paraît être que le feu solaire, produit l'attraction, l'électricité, le magnétisme; l'ame végétale, les formes, les amours, les générations; l'animale, l'instinct, la passion, l'action; l'intellectuelle, l'imagination, le jugement, la mémoire; la céleste, le sentiment de la vertu, de la gloire, de l'immortalité. Toutes ces ames ont des harmonies avec le soleil.

Mais, me dira-t-on, peut-on supposer ainsi plusieurs ames renfermées dans un seul corps? Sans doute, comme j'ai supposé et démontré plusieurs couleurs renfermées dans un même rayon de lumière, plusieurs qualités dans le feu, telles que l'attraction, l'électricité; plusieurs airs dans l'atmosphère, plusieurs eaux dans l'Océan, plusieurs matières de différente nature dans le même minéral, plusieurs végétaux, et, qui plus est, de diverses espèces, dans le même végétal, comme dans un arbre greffé. Mais comment des ames si différentes entre elles, peuvent-elles agir de concert dans une même action? Ce qui prouve leur différence, c'est qu'elles ne sont pas toujours d'accord. Je vais tâcher de faire comprendre leurs actions et leurs réactions par une comparaison bien simple.

En prenant pour l'un des termes extrêmes de la vie animale le ver de terre tout nu, qui,

moins industrieux que l'huître, n'a pas l'intelligence de se revêtir d'une coquille, et en
suivant jusqu'à l'homme qui a inventé tant
de sciences et d'arts, nous comparerons tous
les degrés d'intelligence des animaux destinés à voguer sur l'océan de la vie, aux diverses embarcations que l'homme a imagi-
nées pour naviguer sur les eaux, depuis le
tronc flottant d'un arbre qui sert au Sauvage
à traverser une rivière, jusqu'au vaisseau
équipé de tous les arts et sciences nautiques,
construit pour faire le tour du monde. Nous
trouverons dans les intermédiaires la balse,
la pirogue, la yole, le canot, la chaloupe, la
goëlette, le brigantin, la frégate, et nous ar-
riverons à nos gros vaisseaux de guerre, armés de cent canons et au delà. Voilà pour les
formes des corps des animaux. Quant aux
ames et aux facultés qui les animent, nous
comparons l'élémentaire aux mineurs, bû-
cherons, tisserands et cordiers, qui fournis-
sent les premiers matériaux du navire, sans
connaître l'usage qu'on en doit faire ; l'ame
végétale, aux forgerons, charpentiers et cal-
fats, qui les emploient d'après les plans et

proportions que leur donne la nature, ce savant ingénieur. Ils sont aussi chargés des
réparations, et pour cela ils sont répandus dans tout le corps. L'ame animale, avec
ses passions, ressemble à l'équipage, composé de matelots placés chacun à leur poste,
et toujours prêts à obéir au maître et au
contre-maître, qui résident au cœur. L'ame
raisonnable, avec ses facultés intellectuelles,
placée dans le cerveau étroit des animaux,
est comme le pilote et ses aides, dont la cabane est située près du gouvernail et de la
boussole. Il dirige la route du vaisseau, et
commande la manœuvre à l'équipage. L'ame
céleste de l'homme, avec ses instincts divers,
est dans un cerveau plus spacieux, comme
un capitaine dans une chambre de conseil.
On peut la comparer à un homme de qualité
qui ne connaît rien au vaisseau ni à sa construction ; mais il a seul le secret du voyage,
son instinct en est la carte. Il donne chaque
jour la route au pilote, qui, d'après ses ordres,
commande la manœuvre à l'équipage. Veut-
il marcher ? les cuisses, les jambes, les pieds
et leurs doigts sont en mouvement. Ne veut-

il mouvoir que quelques-unes de ces parties? elles se remuent, et les autres s'arrêtent. Il semble qu'à chaque articulation de la bouche, du genou, du métacarpe, des orteils, il y ait des postes de matelots qui agissent seuls ou tous ensemble, suivant la volonté du capitaine. Celui-ci ignore au reste tout ce qui se passe au dedans; il ne s'occupe que du dehors; il a soin seulement que le vaisseau évite les écueils, et qu'il soit d'ailleurs bien approvisionné. Un beau jour, il s'avise de faire donner à cet équipage si docile une plus grande quantité de ce feu élémentaire qui les anime; il l'enivre de liqueurs spiritueuses : aussitôt le voilà tout en activité, et dans un mouvement extraordinaire. Les matelots circulent avec rapidité d'un bout du vaisseau à l'autre, n'obéissant plus à la voix de leur pilote. L'ame raisonnable n'a plus d'empire, le vaisseau va tout de travers. Mais c'est bien pis quand l'ame céleste appelle tout son équipage à son conseil; toutes les passions y entrent en foule, et s'emparent de ses facultés divines. La cupidité lui dit : C'est à moi qu'appartiennent les jouissances infinies;

la haine, à moi les ressentiments immortels; l'ambition, la gloire est mon partage. L'orgueil dit à l'humble vertu : Tu n'es qu'une illusion; et, jetant ses yeux égarés vers les cieux, il ajoute : Il n'y a d'autre Dieu que moi dans l'univers. Souvent l'ame raisonnable, séduite par eux, leur applaudit. La mémoire leur cherche des exemples dans le passé, et l'imagination leur trace des plans pour l'avenir; le jugement les sanctionne. C'est ainsi que, dans la révolte d'un équipage, le pilote, le maître et le contre-maître se joignent aux matelots, et renferment le capitaine dans sa chambre; ils laissent aller ensuite le vaisseau au gré des vents. Ils ont bien la route de chaque jour, mais ils n'ont plus celle de tout le voyage; ils finissent par embrasser la piraterie. Tel est l'état d'un homme livré à ses passions. La discorde se met bientôt entre elles : quelquefois l'imagination enlève le timon au jugement; alors l'homme devient fou. Quelquefois l'ame animale et la raisonnable sont paralysées; alors il tombe dans l'état d'imbécillité. Mais, dans ces deux états, l'ame élémentaire et la

végétale font toujours bien leurs fonctions;
souvent les fous et les imbécilles jouissent
d'une santé robuste. Quelquefois celles-ci
tombent dans le désordre, comme dans l'é-
tat de maladie; cependant les passions conservent leur activité, mais l'ame intellectuelle jouit de toutes ses facultés : telle était
celle de Pascal, dont les idées étaient profondes, quoique son corps fût cacochyme.
Quelquefois l'ame céleste est la seule qui
leur survive : telle est souvent celle des mou-
rants, qui étonne par des pressentiments et
des prédictions. L'ame céleste, prête à quit-
ter la terre, est susceptible des plus sublimes conceptions, comme le soleil qui, à son
couchant, brille de tout l'éclat de ses feux.
Toutes ces ames peuvent agir ensemble ou
séparément : nous en pouvons donc conclure qu'elles sont distinctes les unes des autres.

Ces ames ont précédé les corps. Ce sont elles
qui, dans le sein maternel, assemblent leurs
parties organiques, leur donnent les formes,
les développements et les proportions assignés à chaque espèce par l'Auteur de la na-

ture, et par rapport à l'homme, comme nous
le verrons bientôt.

Non-seulement les harmonies physiques
appartiennent aux ames, qui en ont seules
le sentiment ; mais c'est en elles seules que
résident les harmonies morales, qui assemblent les harmonies physiques. Je n'en citerai
ici pour exemple que la première de toutes,
l'harmonie fraternelle. C'est elle qui compose les corps des animaux de deux moitiés
égales ; c'est dans la ligne qui les réunit que
se trouve le profil qui caractérise chaque espèce. Le végétal n'a point de profil déterminé, ni de face proprement dite ; mais l'animal
a l'un et l'autre : l'expression de son ame se
trouve dans son profil. C'est lui qui lui donne
sa physionomie ; c'est la ligne qui le divise
en deux moitiés égales et semblables, qui
exprime dans l'attitude basse du porc la gour-
mandise, dans le lion la férocité, dans la tourterelle les graces et les amours. Ce profil a
la même expression dans chaque genre d'a-
nimal ; mais il varie à l'infini dans chaque
homme, suivant la passion qui le domine.

C'est dans le profil, tant intérieur qu'extérieur, que se trouvent les sensorium de tous les organes de l'animal, d'abord ceux de la glande pinéale, où réside, dit-on, l'ame intellectuelle ; du nerf optique, des nerfs olfactiques, de la respiration, de l'ouïe, de la potation, de la nutrition ; du cœur, siége de l'ame animale ; des sexes, de la génération et des sécrétions. Si vous coupez un animal, tel qu'un insecte, dans sa largeur, vous ver-rez les deux moitiés se mouvoir encore. La tête d'une mouche, séparée de son corps, donne long-temps des signes de vie, tandis que son corps voltige çà et là ; mais si vous fendez cet insecte dans sa longueur, en deux moitiés égales, il périt à l'instant. L'ame qui l'anime ressemble à la flamme qui naît de deux tisons rapprochés, et qui s'évanouit si on les sépare l'un de l'autre. Elle est donc une harmonie fraternelle des deux moitiés de son corps, ou plutôt c'est elle qui, dans l'origine, le forme de deux moitiés dans le sein maternel.

Non-seulement l'ame, j'entends la végé-tale, compose le corps d'un animal de deux moitiés en consonnance, mais elle en façonne toutes les parties, et les répare lorsqu'elles sont blessées. Elle développe, dans les espèces innombrables des animaux, toutes les formes imaginables, depuis les plus gracieuses jusqu'aux plus déplaisantes. Il est digne de remarque que les plus laides ont été données aux animaux nuisibles ou incommodes à l'homme, et les plus belles à ceux qui doivent vivre dans son voisinage ou sous son empire. L'ame végétale donne au loup un poil hérissé et des yeux étincelants; à l'agneau de douces toisons; au cheval une croupe arrondie, une encolure fière et des crins flottants; au pigeon, au coq, les plus charmants contours; au chien, fait pour être caressé, un poil soyeux. Les plus belles formes des animaux sont réunies dans l'homme et dans la femme, auxquels sont encore ordonnées leurs proportions d'après des plans arrêtés par l'Auteur de la nature. Leurs développements viennent du soleil, cette sphère de feu mouvante et vivante, qui renferme dans son sein toutes les attractions, les répulsions, les électricités, toutes les températures dans ses rayons, toutes les couleurs dans sa lumière; toutes les courbes dans son globe, tous les mouvements dans son mouvement, et bien d'autres qualités connues et à connaître.

De dire maintenant où vont les ames élémentaires, végétales, animales, intellectuelles et célestes, lorsqu'elles sont séparées de leurs corps, c'est ce que je ne sais pas. Cependant, puisque j'ai osé parler de leurs différences et de leur origine, je hasarderai de parler aussi de leur fin. Ce sont des opinions que je présente, non comme des vérités, mais comme des vraisemblances.

Les ames élémentaires passent évidemment d'un élément à un autre. Quoiqu'elles viennent, dans leur principe, du soleil, elles paraissent fixées à la terre, qui en est un des réservoirs. La flamme qui consume une bougie, en s'éteignant va se rejoindre à la masse de feu répandue dans l'atmosphère. La pesanteur d'un corps ne s'évanouit point lorsqu'il est mis en poudre; elle reste divisée entre chacune de ses parcelles, et se réunit à la pesanteur totale du globe. Il en est de même de l'électricité; elle circule d'un corps à l'autre, où elle est tantôt positive, tantôt

négative, suivant qu'elle s'y trouve en plus
ou en moins. Elle se fixe dans les métaux,
qui non-seulement en sont de puissants conducteurs, mais des réservoirs constants; elle
s'attache aussi aux nerfs des animaux, et y
séjourne encore quelque temps après leur
mort. Il y a donc à cet égard identité entre
l'électricité, les métaux et les nerfs : c'est ce
que prouve une expérience fort curieuse
dont j'ai promis de parler. C'est un médecin italien appelé Galvani, mort depuis quelques années, qui a découvert l'influence di-
recte de l'électricité des métaux sur les nerfs
des animaux après leur mort; l'expérience
qu'on en répète tous les jours, s'appelle, de
son nom, galvanisme : je l'ai vu faire sur une
grenouille morte depuis vingt-quatre heures.
On la coupa en deux, transversalement; les
intestins furent ôtés, et on détacha du dos
l'extrémité du nerf des cuisses ; la circonférence du nerf découvert fut ensuite envelop-
pée avec une petite feuille d'argent. Dans
toutes ces opérations, aucun signe de mouvement ne se manifesta dans la grenouille,
quoiqu'on se fût servi d'un couteau de fer;

mais le professeur ayant pris une petite plaque d'étain, et l'appuyant d'un bout sur la lame d'argent, et touchant avec le milieu de cette plaque le bout du nerf découvert, dans l'instant le tronçon de la grenouille s'élança sur la table à plusieurs reprises, comme si elle eût été vivante. Il réitéra ces mouvements en levant d'une main l'animal en l'air par le bout d'une de ses pates, et lui appliquant son appareil de l'autre main, et le tronçon ne cessa de se mouvoir très-vivement, tant qu'il éprouva le contact de la plaque d'étain en harmonie avec la lame d'argent et le bout du nerf.

Le professeur nous fit voir ensuite que deux morceaux du même métal en contact, par exemple l'argent sur l'argent, ne produisaient aucun effet sur les nerfs de la grenouille. Il nous fit sentir sur nous-mêmes un autre effet de l'harmonie de deux métaux différents. En mettant sur le bout de la langue une pièce d'argent ou une pièce d'étain, on n'en éprouve aucune sensation; mais en posant ces deux pièces l'une sur l'autre, de manière que la langue touche à leur point de contact, alors

on y sent une saveur très-marquée. Il y a
plus, en mettant dessus et dessous la langue,
l'argent et l'étain, de manière qu'ils se
touchent par un bout, on voit dans l'instant
briller un éclair : c'est le coup électrique.
Tous les métaux en contact produisent ces
effets, pourvu qu'ils soient différents, tels que
le cuivre et le fer, mais sur-tout l'or et l'argent.

Ces expériences ne paraissent être que de
simples objets de curiosité, mais je les regarde comme de petites portes qui ouvrent
une grande entrée dans le champ de la nature. Nous en concluons que les harmonies
soli-lunaires et luni-solaires, dont nous avons
parlé jusqu'ici, sont non-seulement répandues dans les puissances élémentaires de la
nature, comme nous l'avons démontré, mais
que leurs attractions et leurs électricités,
ainsi que celles des autres planètes, sont con-
centrées et déposées dans les métaux qui
leur sont analogues, et qui en sont non-seulement des conducteurs, mais des réservoirs;
que les harmonies métalliques, ainsi que les
planétaires, manifestent leurs influences sur

nos nerfs lorsque ces métaux y sont harmo-
niés deux à deux, et que nos nerfs sont les
conducteurs et les réservoirs de ces influences,
soit par eux-mêmes, soit par les métaux
qu'ils renferment. Puisque les nerfs des animaux sont sensibles, après la mort, aux harmonies métalliques de l'étain et de l'argent,
du cuivre et du fer, du plomb et du cuivre,
de l'or et de l'argent, comment douter qu'ils
n'éprouvent, pendant la vie, les harmonies
planétaires analogues à ces métaux, telles
que les soli-saturnales, les saturni-lunaires,
les vénéri-martiales, et toutes les influences
de leurs diverses combinaisons, comme l'a
prétendu la plus haute antiquité? Il est certain que ces harmonies fraternelles existent
dans les soli-lunaires et les luni-solaires,
ainsi que nous l'avons démontré, sur-tout
dans les développements de la puissance végétale.

Les feux électriques soli-lunaires et luni-
solaires se manifestent non-seulement dans
la vie des végétaux et des animaux, dans
leurs amours, dans les parures de leurs corps
qu'ils revêtent des plus belles couleurs,

8*

comme dans les oiseaux, ou par des flux pé-
riodiques, comme dans la femme; mais ils
se font voir encore après la mort dans leur
décomposition. C'est à ces feux électriques
qu'il faut rapporter les lumières phosphoriques et bleuâtres, qu'on remarque la nuit
dans les bois pourris et dans les cadavres en
dissolution; mais c'est sur-tout dans la mer,
où viennent se rendre les dissolutions de tous
les corps, qu'on observe, principalement
dans les saisons chaudes et entre les tropiques,
ou dans tous les lieux les plus bas de l'O-
céan, un nombre infini de corpuscules phosphoriques, qui rendent pendant la nuit les
flots tout étincelants de lumière. Ces corpuscules lumineux paraissent, dans un temps
calme, agités de mouvements en tous sens.
Ne seraient-ils pas des molécules organiques,
répandues par-tout, suivant Buffon ? Se-
raient-ce les ames élémentaires des animaux,
ou leurs ames animales mêmes ?

Les ames végétales paraissent, de leur
côté, se réunir à la puissance végétale. Les
végétaux s'engraissent de leurs propres débris. Ces ames paraissent être, dans chaque

espèce, en nombre déterminé. Celles qui organisent le blé, par exemple, ne subsistent qu'en certaine quantité dans le même champ. Si on y en sème plusieurs années de suite, il dégénère, et à la longue la terre lui refuse toute nourriture. Les laboureurs disent alors qu'il n'y trouve pas les sucs qui lui sont propres : n'est-ce pas plutôt parce que les ames végétales du blé n'y sont plus? Cependant le champ épuisé n'est pas stérile; il reste toujours fécond pour d'autres plantes : il en est de même des ames végétales des animaux. Lorsqu'une année a produit beaucoup de chenilles, l'année suivante il y en a fort peu, quoiqu'on dût s'attendre à en retrouver beaucoup par la multiplication rapide de ces insectes; mais, ce qu'il y a de très-remarquable, c'est que ces ames végétales créent chaque année une matière nouvelle. Ce sont celles des plantes, qui augmentent tous les ans la couche d'humus qui recouvre la terre; et ce sont aussi les végétales des animaux qui ont formé tous nos rochers de pierre calcaire. Chaque année, les animalcules des madrépores, et ceux qui

animent les poissons à coquille, élèvent, au
fond des eaux de l'Océan, de nouveaux lits
de marbre, de pierre, de plâtre, des débris
et des tritus de leurs travaux. Leurs ames végétales semblent avoir des analogies avec
cette ame universelle qui va toujours créant;
elles font végéter le globe lui-même, qui,
par leur moyen, croît chaque année en circonférence. Il semble qu'il y ait quelque chose
de créateur dans les rayons du soleil, qui en
est le mobile. Ils forment d'abord les diamants et l'or pur dans les matrices des minéraux; puis, se combinant avec les ames
végétales des plantes et des animaux, ils
créent de la terre et des pierres.

Quant aux ames animales ou passionnées,
elles paraissent circuler de génération en génération dans chaque espèce d'animal. Serait-
ce de ces transmigrations que viendraient les
prévoyances innées des animaux pour une
vie qu'ils ne connaissent pas encore? Leur
instinct de l'avenir ne serait-il qu'une expérience acquise dans une vie précédente? Pour
nous, nous sommes portés à le croire. Ce
n'est que par ces transmigrations que nous

pouvons expliquer nous-mêmes les sympathies et les antipathies que nous apportons en
naissant. Au reste, le nombre des ames animales, comme celui des végétales dans chaque espèce, paraît en rapport avec le nombre
même des hommes.

Quoique nous ayons supposé que les ames
intelligentes ou raisonnables étaient des ames
particulières, elles ne sont peut-être au fond
que des facultés semblables et communes,
inhérentes à des instincts différents. L'intelligence des animaux est le sentiment de leurs
convenances; elle est à leur ame ce qu'un
rayon du soleil est à leurs yeux : l'un et
l'autre sont les mêmes pour tous. L'intelligence d'un animal ne diffère de celle de
l'homme qu'en ce qu'elle n'est qu'un point
ou qu'un rayon de cette sphère universelle, dont l'homme occupe le centre, et
Dieu la circonférence. Un petit reflet de la
lumière du jour suffit aux travaux de l'abeille
dans sa ruche obscure; l'homme éclaire les
siens la nuit par la clarté de la flamme du
feu, dont il dispose : mais l'Auteur de la nature illumine les siècles et les mondes par

des soleils. Une abeille fait son alvéole hexa-
gonale avec autant de géométrie que Newton,
mais elle ne fera jamais d'autres figures géo-
métriques. Elle n'imaginera jamais la vis où
se renferme le coquillage, ni même la coupe
concave où la rose lui présente ses glandes
nectarées : elle n'en a que faire. Des alvéoles
à six pans lui suffisent pour déposer son miel.
Mais l'ame de Newton a de plus grands besoins. Elle trace sur la terre les courbes que
parcourent les astres dans les cieux ; elle s'é-
tend avec eux dans l'infini, et s'anéantit par
le sentiment de celui qui les a créés.

Les intelligences des animaux sont donc
inhérentes à leurs ames, et paraissent les
accompagner dans leurs transmigrations.
Quelles doivent donc être, après la mort,
les intelligences de l'homme qui a pendant
sa vie de si sublimes instincts !

Quant à l'ame céleste, je l'ai déjà dit, elle
n'appartient qu'à l'homme. C'est elle qui ré-
pand dans ses traits non encore défigurés par
les passions animales, les charmes ineffables
de l'innocence, de la bonté, de la bienfaisance, de la justice, de l'héroïsme. Elle im-

prime sur sa physionomie un caractère qui soumet à la houlette même de ses enfants les fiers taureaux, les chevaux indomptés, et jusqu'à l'éléphant colossal. Harmoniée dans son corps avec les passions animales qui doivent lui être soumises, comme les ames des autres animaux sur la terre, si elle s'en laisse subjuguer, elle leur transmet le sentiment de l'infini, de l'universalité, de l'immortalité, qui n'appartiennent qu'à elle ; mais si elle les tient sous son empire, elle se dirige vers les cieux, d'où elle tire son origine, et où elle espère son retour, par un instinct qui lui est naturel. C'est cette lutte, soutenue par de si sublimes espérances, qui constitue la vertu, dont l'homme seul est capable. Les passions peuvent varier à l'infini le visage de l'homme, parce qu'elles sont toutes renfermées dans son cœur; une seule étend son uniformité sur tous les animaux de la même espèce. Dans une assemblée d'hommes, vous en trouverez qui ont des physionomies de renard, de loup, de chat, de sanglier, de bœuf; mais dans un troupeau de moutons, tous se ressemblent si parfaitement, que le

berger même est obligé de marquer ceux qu'il
veut reconnaître. Voyez même comme les
traits du même homme varient dans la joie,
la tristesse, le ris, les larmes, l'espérance,
le désespoir, et dans les divers âges de sa vie:
vous diriez de plusieurs êtres différents. C'est
par les ames animales que les hommes sont
en guerre les uns avec les autres et avec eux-
mêmes; c'est par leurs ames célestes qu'ils
sont en paix, qu'ils communiquent entré eux,
et se rapprochent de leur centre commun,
qui est le sentiment de la Divinité. Mais où
vont ces ames célestes lorsqu'elles sont séparées du corps? Les Indiens croient que celles
qui ont été subjuguées par leurs passions,
vont dans le corps des animaux qui en sont
les types : celles des gourmands dans les
porcs, etc. Quant à celles qui ont acquis
quelque degré de perfection par la vertu,
elles passent dans un des sept paradis ou
mondes, dont ils font diverses descriptions,
et qui paraissent être les planètes. Pour nous,
nous sommes portés à croire que les plus par-
faites vont dans le soleil, astre éclatant d'où
émane tout ce qu'il y a de plus beau sur la terre

LIVRE VI.

HARMONIES HUMAINES.

Le sentiment est la conscience du cœur, comme la raison est la science de l'esprit. C'est au cœur que la nature fait aboutir à-la-fois tous les sens de notre corps et toutes les lumières de notre esprit. Prenons pour exemple le sens de la vue. Nous avons, à la jonction de nos deux nerfs optiques, un senso-rium qui reçoit les images des objets; ce sensorium, qui nous donne la science de la lumière, a des communications avec le cœur, sans lequel nous n'aurions point la conscience de la vision. Le cœur est-il oppressé? la vue se trouble. Il en est de même des vérités purement intellectuelles : telles sont, par

4. 9

exemple, celles de la géométrie. Toutes ses
démonstrations se terminent à l'évidence : or
l'évidence est un sentiment; c'est la raison
de la nature, et le *nec plus ultrà* de la nôtre en harmonie avec la sienne. On ne peut
raisonner au delà sans déraisonner. Voilà
pourquoi les recherches trop profondes des
métaphysiciens les ont jetés dans l'absurde.
C'était pour avoir outrepassé l'évidence, que
le subtil Malebranche avait conclu que les
animaux n'avaient point de sentiment. C'est
en suivant la même route, que nos idéolo-
gistes modernes sont tombés dans l'athéisme
La vérité est comme un rayon du soleil : si
nous voulons fixer nos yeux sur elle, elle nous
éblouit et nous aveugle; mais si nous ne considérons que les objets qu'elle nous rend sensibles, elle éclaire à-la-fois notre esprit et
réchauffe notre cœur. C'est au cœur qu'aboutit le sentiment de son évidence : il excite la
joie, l'admiration et l'enthousiasme dans le
géomètre même le plus impassible. C'est ce
sentiment qui fit sortir tout nu du bain, et
courir hors de lui-même dans les rues de
Syracuse, Archimède, que le sac de cette

rande ville et l'épée de son meurtrier ne
purent émouvoir. L'évidence est une harmonie de l'ame et de la Divinité. Son premier sentiment est un ravissement céleste,
tel que serait celui d'un rayon de lumière au
milieu d'une obscurité profonde.

Ainsi l'esprit n'a point de science si le cœur
n'en a la conscience. La certitude est donc,
en dernière analyse, un sentiment, et ce sentiment ne résulte que des lois de la nature ;
car celles des hommes sont trop variables. Il
n'y a de vrai dans leurs systèmes que ce qui
produit en nous le sentiment de l'évidence,
c'est-à-dire que ce qui est fondé sur les lois
de la nature même. Il est remarquable encore
que la nature ne nous laisse connaître de ses
lois que celles qui ont des rapports avec nos
besoins, car il n'y a que celles-là dont nous
ayons le sentiment.

Je définis donc la science le sentiment des
lois de la nature par rapport aux hommes.
Cette définition, toute simple qu'elle est, est
plus exacte et plus étendue qu'on ne pense;
elle circonscrit les limites de notre savoir,
et nous montre jusqu'où nous pouvons les

porter : car il s'ensuit que lorsque nous n'avons pas le sentiment d'une vérité, nous n'en avons pas la science ; et que d'un autre côté, il en peut résulter une science, dès que nous en avons le sentiment.

Cette définition de la science en général convient à toutes les sciences en particulier. La théologie, qui s'occupe de la connaissance de tous les attributs de Dieu, ne peut être que le sentiment des lois que Dieu a établies entre lui et les hommes. L'astronomie, dont les prétentions ne sont pas moins étendues dans leur genre, n'est que le sentiment des lois qui existent entre les astres et les hommes. Il en est de même de toutes les autres, même de celles qui, comme la chimie, croient décomposer les éléments de la nature, et les réduire à leurs premiers principes.

Je ne parle ici que des sciences humaines; car quant aux sciences véritables, elles ne sont connues que de Dieu : lui seul a le secret de son intelligence, de sa puissance, des principes de la nature, de son origine, de sa durée et de son ensemble. Il y a bien plus; c'est que chaque animal a la science incommunicable de ce qui lui est propre. Tous les philosophes du monde ne parviendront jamais à savoir d'où dérivent les instincts si variés des animaux. Celui d'une chenille qui file sa coque en automne pour passer chaudement un hiver qu'elle n'a jamais vu, et qui y ménage une ouverture pour en sortir en papillon au printemps qu'elle ne connaît pas, suffit pour renverser tous les raisonnements de Locke contre les idées innées.

La science humaine n'étant donc que le sentiment des lois de la nature par rapport aux hommes, la morale, dont nous cherchons les éléments, ne peut être que le sentiment des lois que Dieu a établies de l'homme à l'homme. On peut tirer de cette définition cette conséquence importante, c'est que toutes les sciences ont des relations avec la morale, puisqu'elles aboutissent aussi toutes à l'homme.

En effet, un homme seul sur la terre formerait ses mœurs de tout ce qui l'environnerait; il pourrait se livrer à la paresse ou à l'inquiétude, par la chaleur ou la froidure du climat; à l'intempérance par l'excès des

9*

fruits, à la cruauté envers les animaux innocents, et à tous les désordres des sens et
de l'ame avec lui-même. Tous les objets en-
voient des rayons moraux à son cœur,
comme des rayons visuels à son cerveau. Sa
vie morale, comme sa vie physique, n'est
qu'une harmonie de ces deux organes, ou
plutôt des facultés de son ame qui y réside.
Son intelligence lui présente les objets, son
sentiment les adopte ou les repousse.

Mais c'est sur-tout au milieu de ses semblables qu'il est au foyer de toutes les im-
pulsions morales. La nature, qui a fait les
hommes sujets à une infinité de besoins pour
leur donner les jouissances de tous ses biens,
et pour les obliger de s'entr'aider, a mis
dans le cœur de chacun d'eux le sentiment
primitif de la sociabilité, qui dit : Faites à
vos semblables ce que vous voudriez qu'ils
vous fissent. C'est donc par sa raison en harmonie avec toutes les lois de la nature, que
l'homme se met d'abord à la place d'un autre
homme, et qu'en même temps naissent dans
son cœur les lois de la morale, par le sentiment de son propre intérêt et de celui de ses

semblables. Malheur donc à ceux qui séparent ce que la nature a joint, et qui mettent une barrière entre leur raison et leur cœur ! Le méchant est celui qui circonscrit sa raison autour de lui seul, qui voit les autres hommes, et qui ne sent rien pour eux.

La morale étant donc le sentiment des lois que Dieu a établies de l'homme à l'homme, il s'ensuit qu'un simple traité de morale ne peut servir à des enfants : un enfant n'est pas plus capable d'acquérir de la morale en spéculation, qu'il ne le serait de développer sa faculté de voir par la théorie de la vision. Je dis plus, il ne comprendrait rien à ce traité, fût-il composé avec toute la dialectique de Bayle, rempli des images les plus intéressantes, et écrit avec les graces du style de Fénelon et l'énergie de celui de Jean-Jacques.

Supposez un enfant élevé dans une galerie de tableaux de paysages sans avoir jamais vu la campagne, il n'y apercevrait que des couleurs et des surfaces; et lorsqu'il verrait la campagne pour la première fois, il en jugerait tous les objets sur le même plan, comme

dans sa galerie ; il serait semblable à cet aveu-
gle-né auquel on donna tout-à-coup l'usage
de la vue, en lui ôtant des cataractes qu'il
avait sur les yeux. Il crut au premier instant
que tous les objets de sa chambre étaient à la
même distance, et il fallut qu'il marchât vers
les uns et les autres pour se convaincre qu'ils
n'y étaient pas.

Nous formons d'abord notre vue sur notre
toucher, ensuite sur notre marcher ; tant la
nature a harmonié entre eux tous nos sens !
Elle a lié encore les différents âges de notre
vie pour notre instruction. J'ai reçu des leçons
de ma fille, âgée de quatre mois : elle croyait
toucher une fleur qui était à un·pied de son
visage ; elle tournait ses mains autour de ses
yeux pour la saisir ; elle s'imaginait que cet
objet était au bout de son nez ; il fallait que
sa mère lui allongeât le bras vers la fleur, et
lui apprît à la toucher, pour lui apprendre à
la voir : ce n'a été que quand elle a marché,
qu'elle a pu juger des distances plus éloi-
gnées. C'est pour accélérer cette connaissance, que Jean-Jacques veut qu'on porte
l'enfant vers l'objet qu'il désire, et non l'ob-

jet vers l'enfant, comme on a coutume de faire. Ce n'est donc que par les expériences acquises par la réalité des objets, que nous pouvons juger de leurs images. Un amateur ne prend plaisir à voir un tableau de Vernet, que parce qu'il lui rappelle une série d'effets qu'il a observés lui-même, et je tiens qu'il n'en peut connaître tout le mérite, s'il n'a vu la mer, et même s'il n'y a navigué.

Il en est d'un traité de morale comme d'une galerie de tableaux ; il n'intéresse que le philosophe qui connaît le monde : c'est par cette raison que tant d'à-propos nous échappent dans les comiques chez les Grecs et les Latins, et que nous saisissons toutes les beautés de sentiment dans leurs auteurs tragiques, parce que les mœurs des anciens nous sont inconnues en partie, et que nous avons l'expérience de la pitié, de la générosité, dont les sentiments nous sont communs dans tous les âges. Mais un traité de morale ne fera pas d'impression sur un enfant, qui, n'ayant pas vécu avec les hommes, n'a pas encore l'expérience de leurs passions et des lois que la nature leur a données pour les régir. Un

enfant cité par Jean-Jacques, n'apercevait
que la difficulté d'avaler une médecine dans
le trait sublime d'Alexandre malade, qui
prend une potion de la main de son médecin,
en lui faisant lire une lettre qui l'accusait de
trahison : le jeune cœur de cet enfant n'ayant
jamais été trahi, il ne connaissait d'autre
amertume que celle du goût. Je me souviens
moi-même qu'étant enfant, les fables de La
Fontaine m'amusaient beaucoup, parce que
leurs images naïves vont au cœur, comme
celles de la nature, et que je connaissais les
mœurs de quelques animaux ; mais leur application m'ennuyait, parce que j'ignorais
celles des hommes : je lisais la fable et je
laissais là la morale ; je traitais ma leçon
comme mon déjeuner, j'en mangeais la con-
fiture et j'en jetais le pain.

Ce serait bien pire, si on ne présentait aux
enfants que la métaphysique de la morale
sans la revêtir d'images. Comment leur ap-
prendrait-on par de simples raisonnements ce
que c'est que conscience et justice ? Ils sau-
raient faire des définitions comme Aristote,
et des analyses comme Locke et Condillac,

qu'ils n'en seraient pas meilleurs ; ils seraient, comme bien des hommes, vertueux en spéculation, et non vertueux en réalité. Toute science ne s'acquiert que par l'expérience. Enseigner aux enfants la vertu par la théorie de la morale, c'est leur enseigner à parler par la grammaire, et à marcher par les lois de l'équilibre : sur tous ces points, leurs mères nourrices leur feraient faire plus de progrès que tous les professeurs des académies. L'âme, comme le corps, ne se développe que par l'exercice. Il faut commencer l'éducation morale par la pratique des vertus ; la théorie n'en appartient qu'aux docteurs ou aux vieillards, qui ne veulent ou ne peuvent plus agir.

Pour apprendre la morale aux enfants, il faut donc leur faire connaître d'abord les hommes. L'éducation domestique leur en donne le premier apprentissage, en les faisant vivre avec leurs mères, leurs pères, leurs sœurs, leurs frères, leurs serviteurs ou leurs maîtres ; c'est d'après les sentiments qu'ils y prennent enfants, que se forment ceux qu'ils auront un jour en devenant hommes.

Il y a à l'amirauté de Londres et à celle d'Amsterdam un grand navire construit sur terre avec tous ses agrès ; on y loge de jeunes élèves de la marine pendant plusieurs mois ; ils y manœuvrent comme s'ils étaient sur mer ; on leur apprend à orienter les voiles suivant le vent, à les amener dans les tempêtes, à jeter et lever les ancres, et par ces exercices on les instruit à devenir d'excellents marins. Ne pourrait-on pas faire de même un petit modèle du grand vaisseau du monde ? Il ne peut être immobile et à sec comme celui d'une école nautique ; les vents des passions l'agitent déjà sur les ondes de la vie ; même dans le port nous avons besoin de bons pilotes.

Si un collége doit être une image de la maison paternelle, l'éducation doit être la théorie de la vie ; mais comment s'y prendre pour la tracer d'une manière facile et durable dans l'esprit des enfants ? En leur donnant des éléments de morale, j'ai senti qu'il fallait parler à leur jugement, et j'ai essayé de le faire. Je vais ici montrer le chemin par où j'ai marché, et j'ai tracé dans quelques pages

le résultat de plusieurs années de médita-
tion.

Le cerveau voit et le cœur sent, l'intelligence juge et le sentiment agit. Dans la plupart des animaux, le cerveau reçoit les images
d'une autre grandeur, mais dans les mêmes
rapports que nous. Les insectes voient avec
des microscopes, et plusieurs oiseaux avec
des télescopes ; mais l'intelligence de chacun
d'eux est bornée à une seule industrie, et
leur cœur à un seul instinct. L'entendement
de l'homme est capable de recevoir toutes
leurs lumières, et son cœur toutes leurs passions. L'homme, livré à tous les besoins,
ébloui par tant de lumières, et agité par tant
de désirs, serait abandonné à tous les égarements de la folie, si Dieu ne l'avait placé au
centre de toutes les harmonies, n'avait éclairé
sa tête par les lumières d'une raison universelle, qui n'est que l'intelligence des convenances de la nature, et s'il n'en avait mis
le sentiment dans son cœur. C'est à sa raison
que l'homme, seul de tous les êtres organisés, doit la connaissance d'un Être suprême,
qui ne résulte que des harmonies de l'univers,

et l'amour de ses semblables, sans lesquels il
ne pourrait en jouir. De là est né le sentiment
de la vertu, qui est un effort fait sur nous-
mêmes pour le bonheur des hommes, dans
l'intention de plaire à la Divinité. La vertu est
donc produite par ces deux mobiles, Dieu et
les hommes ; elle est donc la véritable harmonie de l'homme, non-seulement en la considérant, ainsi que les sages la définissent,
comme un milieu entre deux extrêmes, entre
un excès et un défaut, mais comme produite
par l'amour de la Divinité et celui des hommes,
qui sont à la vérité les deux plus grands extrêmes qui existent dans l'univers, Dieu étant
tout et les hommes n'étant rien.

C'est du cours même des harmonies de la
nature que résulte celui des vertus de l'homme.
Dans sa longue et faible enfance, il fait l'apprentissage des éléments sur le sein maternel,
et il y puise les premiers sentiments de la
reconnaissance. Il tire de l'usage des végétaux nécessaires à sa vie, le sentiment d'une
Providence ; et des animaux, compagnons de
son enfance, les premières leçons de l'amitié.
Ensuite il apprend de ses frères, la justice

de l'amour conjugal, la constance ; de la paternité, la prévoyance ; de sa tribu, l'amour du travail ; de sa nation, le patriotisme ; du genre humain, l'humanité, qui renferme toutes les vertus.

Je ne fais qu'en nommer les principales, nous en indiquerons bientôt le développement avec celui des lumières des hommes, qui sont toujours en harmonie avec leurs vertus ; je n'ai voulu donner ici qu'une idée de l'homme physique et moral. Tel est le vaisseau où la nature embarque chacun de nous pour lui faire parcourir la sphère de la vie. Elle nous y fait entrer par l'enfance, région pleine d'obscurité et de frimas, d'où, entraînés par l'océan du temps, nous traversons la zone tempérée de l'adolescence : nous passons ensuite dans la zone orageuse d'une jeunesse ardente, puis dans la tempérée de l'âge viril, qui nous conduit vers un pôle opposé à l'enfance, dans la région glacée et ténébreuse de la vieillesse. Les extrémités de la vie, comme celles du globe et de l'année, sont commencées et terminées par deux hivers : heureux encore si, sur une mer aussi remplie d'écueils,

nous nous embarquions avec tous nos agrès !
Mais au départ, notre vaisseau n'est qu'une
faible nacelle, notre raison un pilote sans
expérience, notre cœur une boussole sujette
à toutes les variations. Ce n'est que d'après
les leçons de nos pères que nous pouvons
naviguer dans ce voyage de la vie : j'en vais
présenter la carte à l'enfant, comme une
mappemonde à un voyageur qui doit faire le
tour du globe.

Soyez mes astres, filles du ciel et de la
terre, divines Harmonies ! C'est vous qui
assemblez et divisez les éléments, et qui or-
ganisez tous les êtres qui végètent et qui
respirent. La nature a remis dans vos mains
le double flambeau de l'existence. Une de ses
extrémités brûle des feux de l'amour, et
l'autre de ceux de la discorde. Avec les feux
de l'amour vous touchez la matière, et vous
en faites naître le rocher et ses fontaines,
l'arbre et ses fruits, l'oiseau et ses petits,
trois aimants différents, réunis par de ravis-
sants rapports. Avec les feux de la discorde,
vous enflammez la même matière, et il en
sort le faucon, la tempête et le volcan, qui

rendent l'oiseau, l'arbre et le rocher aux éléments. Tour-à-tour vous étendez sur la terre
et vous retirez à vous les filets de la vie, non
pour le plaisir d'abattre ce que vous avez
élevé, mais pour conserver l'équilibre de la
nature d'après des plans inconnus aux mortels. Si vous n'y faisiez pas mourir, rien ne
pourrait y vivre ; si vous n'y détruisiez pas,
rien n'y pourrait renaître. Sans vous, tout
serait dans un éternel repos ; et vous liez ces
mondes les uns aux autres par les harmonies
d'une vie qui produit la mort, et d'une mort
qui reproduit la vie.

Par-tout où vous portez vos doubles flam-
beaux, vous faites naître les doux contrastes
de l'existence du jour et de la nuit, du froid
et du chaud, des couleurs, des formes, des
mouvements ; les amours vous précèdent, et
les générations vous suivent. Toujours vigi-
lantes, vous ne vous levez point avec l'astre
des jours, et vous ne vous couchez point avec
celui des nuits. Vous agissez sans cesse au
sein de la terre, au fond des mers, au haut
des airs. Planant dans les régions du ciel,
vous entourez ce globe de vos danses immor-

10*

telles, vous tenant toutes par la main, parées
d'habits différents, et dans des attitudes ineffables. Vous étendez vos cercles infinis d'horizon en horizon, de sphère en sphère, de
constellation en constellation, et, ravies
d'admiration et d'amour, vous attachez les
chaînes innombrables des êtres au trône inébranlable de celui qui est.

Sœurs immortelles, du sein de la gloire
abaissez-vous vers un enfant de la poussière;
donnez-moi, sur le penchant de la vie, d'en
tracer le cours sans m'égarer ! Filles de la sagesse éternelle, Harmonies de la nature ! tous
les hommes sont vos enfants; ils ont sans
cesse besoin de vos secours ; sans vous, ils
sont nus, misérables, discordants de langues,
d'opinions, de passions : mais vous les appe-
lez par leurs besoins à toutes les jouissances ;
par leur diversité, à la concorde; par leur
faiblesse, à l'empire. Vous les admettez, par
les lumières et la vertu, au partage de vos
bienfaits et de votre puissance immortelle.
Ils sont les seuls de tous les êtres qui jouissent de vos travaux, et les seuls qui les imitent; ils ne sont savants que de votre science

ils ne sont sages que de votre sagesse ; ils ne sont religieux que de vos inspirations. Sans vous, il n'y a point de beauté dans les corps, d'intelligence dans les esprits, de bonheur sur la terre, et d'espoir dans les cieux.

HARMONIES

DE L'ENFANCE.

L'HOMME entre dans la sphère de la vie par
l'harmonie filiale; c'est un des contrastes de
l'harmonie maternelle, qui est la dernière
dans l'ordre des harmonies sociales, et la première en puissance. Ainsi les plans de la nature n'ont point de terme comme ceux des
hommes, et tous les degrés de sa sphère la
terminent et la recommencent.

C'est sur le sein maternel que l'enfant fait
le premier usage de ses sens et l'apprentissage des éléments : de la chaleur, par celle
de sa mère; de l'air et de la respiration, par
son haleine; de l'eau et du goût, par son lait;
du corps et du toucher, par la forme ronde
du sein maternel. En même temps naissent
en lui les sentiments de la confiance, de la
reconnaissance et de l'amour filial. C'est avec

es premières notions de la pensée et les premières expressions du langage, que son ame e développe en même temps que son corps, et son moral dans la même proportion que on physique.

L'amour filial est la première racine du chêne de la patrie, qui doit résister à toutes les tempêtes de la politique; il est le seul fondement inébranlable des sociétés : c'est sur lui que repose le plus ancien empire du monde, celui de la Chine. Il est le premier des cinq devoirs auxquels est attachée sa constitution, sans doute la meilleure de la terre jusqu'à présent, puisqu'elle dure depuis plus de quatre mille ans. Ces cinq devoirs regardent les pères et les enfants, les maris et les femmes, les souverains et les sujets, la mutuelle amitié, et la manière dont les frères doivent vivre ensemble. Confucius les a rédigés et commentés; il les appelle les grands et les fondamentaux. Quoiqu'il n'ait pas suivi le même ordre que nous, il est très-remarquable qu'il pose l'amour filial comme la base de toutes les lois politiques. En effet, l'empereur étant considéré comme le père de son

peuple, c'est sous ce rapport que ses sujets
lui sont si soumis. Dans quelque gouvernement
que ce soit, c'est particulièrement de l'amour
filial que naît l'amour de la patrie. Plutarque
veut, par cette raison, qu'on l'appelle *ma-
trie*, parce que, dit-il, nous devons plus de
reconnaissance à nos mères qu'à nos pères.
Il est donc nécessaire de rappeler à ses enfants les soins que leurs mères ont pris de
leur première enfance. Il faut que l'institu-
teur, et encore mieux l'institutrice, leur ap-
prennent comment leur mère les a porté
pendant neuf mois dans son sein, parmi de
infirmités de toute espèce; comme elle les
mis au monde au péril de sa vie; commen
elle les a allaités nuit et jour, les réchauf
fant contre son cœur, calmant leurs convul
sions par ses caresses, essuyant leurs larme
par ses baisers, prévoyant tous leurs besoin
lorsqu'ils ne pouvaient encore les exprime
que par des gémissements, et leur donnan
ensuite, avec une patience inaltérable, le
premières leçons de la vue, du goût, d
toucher, du marcher et du parler.

Il faudrait commencer toutes les leçons p

n hymne adressé à la Divinité, et chanté
lternativement en chœur par les filles et les
arçons : ce serait leur donner à-la-fois une
dée bien naturelle de la Providence en la leur
résentant sous l'image de l'amour maternel,
t une idée de l'amour maternel en le leur
ontrant sous celle de la Providence ; on
ourrait y comprendre en peu de mots les
evoirs de l'amour filial. Ce concert d'enfants
hantant ensemble les louanges de l'amour
maternel, les disposerait à se regarder mu-
ellement comme membres de la même fa-
ille. Des préceptes de morale mis en musi-
ie simple, mais touchante, se graveraient
rofondément dans de jeunes cœurs ; mais
es exemples de piété filiale n'y feraient pas
oins d'impression, par les images qu'ils
issent dans l'esprit. Il faut donner, tant qu'on
eut, un corps aux idées et une action aux
ntiments. Je leur citerais donc quelques
ands hommes qui se sont rendus célèbres
r leur amour envers leurs mères. Le plus
and des Grecs, si la vertu donne le premier
ng parmi les hommes, Épaminondas, di-
t que la joie la plus vive qu'il eût jamais

éprouvée, était d'avoir gagné la bataille d[e]
Leuctres du vivant de son père et de sa mère[.]
Il répétait souvent ce propos, dit Plutarque[.]
Ainsi il rapportait l'amour de sa patrie à so[n]
origine, c'est-à-dire à l'amour de ses parent[s.]
Il leur sauva la vie par cette victoire, ain[si]
qu'à ses compatriotes; car si les Lacédémo[ni]niens l'eussent gagnée, ils avaient résol[u]
d'exterminer tous les Thébains. J'ajoutera[i]
à ce sujet, un trait qui caractérise bien [sa]
profonde vertu, ennemie de toute vanité. [Le]
lendemain de cette fameuse bataille, il par[ut]
en public, morne, pensif, et en habit sal[e,]
lui qui ne s'y montrait jamais que simpleme[nt]
mais proprement vêtu et avec un visage g[ai.]
Ses amis, voyant ce changement subit, l[ui]
demandèrent s'il ne lui était pas arrivé que[l]que accident fâcheux : « Non, leur répond[it]
il ; mais je sentis hier que je m'étais éle[vé]
plus que je ne devais, par la joie de ma v[ic]toire ; je la corrige aujourd'hui, parce qu'e[lle]
fut hier trop excessive. » Je joindrai à [cet]
exemple celui de Sertorius, qui portait t[ant]
d'affection à sa patrie, quoiqu'elle l'eût exi[lé,]
qu'à la tête d'une armée victorieuse il éc[ri]

...ait à Métellus et à Pompée, ses ennemis, ...qu'il était prêt à mettre bas les armes, et à ...vivre à Rome en homme privé, pourvu qu'on ...y rappelât par un édit, et qu'il aimait mieux ...être le dernier citoyen de sa patrie, que d'être ...appelé empereur du reste du monde : senti- ...ment, certes, bien contraire à celui de l'am- ...bitieux César, qui disait qu'il aimerait mieux ...être le premier dans un village que le second ...Rome. « Une des principales causes, dit Plu- ...arque, pour laquelle Sertorius désirait tant ...être rappelé dans sa patrie, était l'amour ...qu'il portait à sa mère, sous laquelle il avait ...été nourri orphelin de son père, et avait mis ...toute son affection entièrement en elle : de ...sorte que quand les amis qu'il avait en Espa- ...ne le mandèrent pour y venir en prendre le ...gouvernement et y être leur capitaine, après ...avoir été quelque temps, ayant eu nouvelle ...que sa mère était décédée, il en eut une si ...grande douleur, que peu s'en fallut qu'il n'en ...mourût de regret. Il demeura sept jours en- ...tiers couché par terre en pleurant, sans don- ...ner le mot du guet à ses gens, et sans se lais- ...ser voir à aucun de ses amis, jusqu'à ce que

4. 11

les autres capitaines principaux et de même
qualité que lui vinrent à l'entour de sa tente,
et l'importunèrent tant par prières et remon-
trances, qu'ils le contraignirent d'en sortir,
et de se montrer et parler aux soldats, et d'entendre à ses affaires, qui étaient très-bien
acheminées. »

Si les actions des gens de bien sont très-
utiles pour exciter à la vertu, celles des méchants ne le sont pas moins pour éloigner du
vice. On ne produit d'effet que par des contrastes ; la beauté d'un paysage redouble par
l'horreur d'un précipice. Citez donc aux enfants des traits de scélératesse filiale ; par-
lez-leur de l'horrible Néron, qui fit poi-
gnarder sa mère ; représentez ce monstre au
faîte de la puissance humaine, se plaignant
jour et nuit que les Furies le déchiraient
avec leurs fouets ; dévoré par ses remords,
cherchant à les étouffer par de vaines expia-
tions ; objet de mépris et d'horreur, malgré
les congratulations de l'armée, du sénat et
du peuple, qui le félicitèrent sur son action atroce ; et périssant enfin chargé de la
haine de ce même peuple corrompu, qui l'a

...ait flatté dans sa puissance, en attendant l'exécration de la postérité, qui ne flatte jamais.

Si j'avais à élever des enfants sortant des mains de la nature, et destinés à vivre dans une île déserte, je ne leur parlerais ni de l'erreur ni du vice : l'un et l'autre sont étrangers à l'homme. Nés dans le sein de l'ignorance et de l'innocence, ils seraient sages et heureux sans effort ; mais il n'en est pas ainsi de ceux qui doivent vivre dans notre ordre social : il faut les prémunir contre la contagion des préjugés, des vices et des mauvais exemples, qui les environnent souvent dès le berceau. Il faut donc leur offrir de grands modèles, qui leur montrent la vertu dans toute sa beauté, et le vice dans toute sa laideur. Je ferai, à cette occasion, une réflexion que je crois très-importante, c'est que, lorsque vous leur raconterez quelque acte vicieux, il faut toujours le faire suivre par le récit d'une action louable, afin que leur ame s'y arrête et s'y repose. Disposez toujours leurs jeunes cœurs à aimer, ils ne trouveront un jour que trop de sujets de haïr. Si vous commencez

par leur présenter des tableaux du vice, ceux
de la vertu ne leur paraîtront ensuite que plus
aimables. Si, au contraire, vous faites pré-
céder ceux de la vertu, vous leur rendez le
vice plus odieux; mais vous habituez leur
cœur à la haine, car la dernière impression
est toujours la plus durable.

Ainsi, vous pouvez opposer à la conduite
de Néron envers sa mère Agrippine, au fond
très-ambitieuse, celle d'Alexandre envers sa
mère Olympias, qui ne l'était guère moins.
Alexandre étant en Asie, Olympias lui écri-
vait souvent des lettres où elle se plaignait
qu'il était trop généreux envers ses favoris,
que par ses bienfaits il les rendait égaux aux
plus grands rois, et leur donnait les moyens
de se faire beaucoup d'amis en se les ôtant à
lui-même. Il gardait secrètement ces lettres
sans les communiquer à personne, sinon
qu'un jour, comme il en ouvrait une, Éphestion s'approcha, suivant qu'il avait coutume,
et la lut avec lui : Alexandre ne l'en empê-
cha point; mais, après qu'il eut achevé de la
lire, il tira de son doigt l'anneau dont il scel-
lait ses lettres, et il en mit le cachet sur la

bouche d'Éphestion. Il envoya à sa mère de magnifiques présents, mais il lui manda de ne pas se mêler du gouvernement. Elle entra ce sujet dans une grande colère, qu'il supporta avec patience; et comme Antipater, qu'il avait laissé pour son lieutenant en Macédoine, lui écrivit un jour une longue lettre où il se plaignait d'elle, après l'avoir toute lue, il dit : « Antipater ne sait pas qu'une seule larme de ma mère efface dix mille lettres semblables. »

Il est sans doute aisé à un fils de chérir la mère dont il est aimé. On peut ajouter à ces considérations que Domitius, père de Néron, fut un très-méchant homme, tandis qu'on ne peut reprocher à Philippe que la ruse en fait de politique; mais Alexandre s'en préserva par son éducation, car personne n'eut plus de loyauté que lui. Ceci nous amène à parler d'un cas fort amer de la vie, et fort embarrassant. Un enfant peut avoir des parents durs, brutaux, et même cruels : comment lui faire aimer ce qui est haïssable? C'est ici qu'il faut lui parler le langage de la vertu; il faut lui rappeler les peines qu'il a données

11*

à ses parents par ses infirmités, ses besoins, ses caprices même. On peut citer des exemples d'enfants qui ont réformé leurs parents vicieux, à force de douceur et de patience. On en trouve plusieurs de célèbres dans l'histoire de la Chine; car le gouvernement y est attentif à récompenser la vertu dans les enfants même, et sur-tout la piété filiale, qui lui sert de base. Dites enfin à votre élève cette grande vérité, que la Providence vient au secours de ceux que la société abandonne, que Dieu adopte les enfants malheureux. Vous trouverez dans nos histoires assez d'exemples d'enfants délaissés ou persécutés par leurs parents, qui sont devenus des hommes illustres.

La route de l'homme est facile à tracer quand il se trouve entre deux vices, ou entre une vertu et un vice; mais il n'en est pas de même quand il est entre deux vertus. Si un enfant a un père dénaturé, il doit fuir sa présence plutôt que de lui manquer; la barbarie du père ne peut justifier l'ingratitude du fils. Mais s'il doit opter entre l'amour qu'il doit à ses parents et celui qu'il doit à sa parie, comment se conduira-t-il ? Si son père conspire contre l'état, ira-t-il le dénoncer ? Verra-t-il de sang-froid sa patrie sur le bord du précipice, ou donnera-t-il la mort à celui dont il a reçu la vie ? On cite l'exemple du consul Junius Brutus qui fit périr ses deux fils pour avoir trahi Rome. Mais il ne s'agit pas ici du devoir d'un père revêtu d'une magistrature souveraine envers ses enfants criminels, mais du devoir des enfants à l'égard de leur père coupable envers la patrie. Si Tatius et Tibérius, enfants de Brutus, avaient été revêtus du consulat, et que leur père fût entré dans la conspiration des Tarquins, auraient-ils dû le condamner à la mort ? Non, certes, ils ne l'auraient pas dû. Vous me direz : On doit plus à sa patrie qu'à sa famille : oui, sans doute ; mais, par la même raison, on doit plus au genre humain qu'à sa patrie : or, les droits du genre humain sont ceux de la nature. Ce n'est que pour en jouir que la patrie elle-même est fondée, et c'est en renverser les fondements que de détruire les devoirs de l'amour filial par les devoirs de l'amour patriotique ; c'est couper la racine d'un

arbre pour en conserver le tronc. On ne doit
point anéantir une vertu par une autre vertu,
ni punir un crime par un autre crime. Si un
fils a un père coupable envers son souverain,
il doit faire tout ce qui est en lui pour empêcher le succès de ses projets ; mais s'il ne
peut y réussir, les lois doivent le récuser non-
seulement comme juge, mais comme témoin.
Il y a plus, l'amour de la patrie ne vient que
de l'amour de nos pères ; et si je livre ma
famille parce qu'elle est coupable envers ma
patrie, je serai donc fondé aussi à livrer ma
patrie lorsqu'elle sera coupable envers le genre
humain, dont elle n'est qu'une famille. On
voit que le même principe peut mener à de
terribles conséquences.

Toutes les vertus politiques n'ont d'autres
appuis que les vertus morales, et c'est en
renverser la première base, posée par la nature, que de détruire, sous quelque prétexte
que ce soit, la piété filiale. Les Romains,
dont nous avons quelquefois exagéré les principes, ne pensaient pas autrement. Plusieurs
de leurs grands hommes ont blâmé la cruelle
justice de Junius Brutus. Ses enfants sans

doute devaient être punis, mais un père devait se récuser pour leur juge. Plutarque dit que ses mœurs austères n'avaient pas été adoucies par la raison, et il le compare à une épée de trempe trop aigre. Mais, certes, les Romains n'eussent vu qu'avec horreur des enfants dénoncer leur propre père, comme il arriva du temps des proscriptions. Voyez, dans les beaux jours de la république, comme on honorait l'amour filial ! Un homme était condamné à mourir de faim dans la prison. À juger du crime par le supplice, il devait être bien grand ! Peut-être était-il dirigé contre l'état ; n'importe : la fille du coupable s'introduit dans son cachot et l'y nourrit de son propre lait. Le sénat, instruit de cette action, ordonna que le père fût rendu à la fille, et qu'à la place de la prison on élevât un temple à la Piété.

On ne doit conclure en aucune manière de ce que je viens de dire, qu'il soit ordonné d'aimer sa famille plus que sa patrie : au contraire, on doit, dans tous les cas, préférer celle-ci à sa famille et à soi-même. Mais c'est pour l'amour même de la patrie qu'on doit aimer ses parents. Comment serons-nous fidèles à celle qui rassemble autour de nous tous les moyens de soutenir notre vie, si nous ne le sommes pas à ceux qui nous ont donné la vie ? Mais enfin, que fera un fils s'il rencontre son père les armes à la main parmi les ennemis de sa patrie ? Épaminondas disait que si on y voyait un ami, il fallait détourner sa lance de sa poitrine : certes, un fils ne dirigera pas la sienne contre le sein paternel. Mourons, s'il le faut, pour le salut de la patrie, mais vivons pour le bonheur de nos parents. Ce n'est qu'en vivant vertueusement pour eux, que nous serons dignes de mourir généreusement pour elle.

Les vertus n'ont pas toujours à combattre des passions ; elles se heurtent aussi les unes contre les autres, sur-tout dans les dissensions civiles. La justice, l'intérêt du peuple, sont souvent réclamés par deux partis ennemis : comment se conduire alors ? Je ne connais qu'un moyen, c'est de tenir tant qu'on peut un juste milieu, puisque c'est la place qu'occupe toute espèce de vertu. Au reste, les lois de la nature sont précises, mais leur application est souvent embarrassante. Sans doute c'est une prière bien sage et bien proportionnée à nos besoins, que celle qui nous apprend à demander à Dieu de ne pas nous exposer aux tentations.

Si vous avez besoin de quelques conseils, dit Juvénal, laissez faire aux Dieux : ils savent mieux que l'homme ce qui convient à l'homme ; l'homme leur est plus cher qu'il ne l'est à lui-même.

Les noms des enfants influent souvent sur leurs caractères, comme je l'ai remarqué ailleurs : il importe donc beaucoup de leur donner, dès la naissance, des surnoms d'hommes vertueux. Ce n'est pas qu'il leur soit permis de mépriser ceux de leurs parents. On doit leur citer le mot de Cicéron, dont le nom dérive en latin de *cicer*, qui signifie pois chiche. On lui conseillait d'en changer. Je le rendrai, dit-il, si célèbre, qu'on se fera honneur de le porter. Au reste, l'influence des noms sur les hommes est plus grande qu'on ne le pense. C'est par l'effet d'une bonne politique, que Rome moderne donne aux enfants naissants et aux jours de l'année, les noms des saints qu'elle a elle-même canonisés. Ces noms réveillent les souvenirs de toutes les vertus.

~~~~~~

SCIENCE DES ENFANTS.

PREMIÈRES IDÉES DES PEUPLES.

Je me souviens qu'étant enfant je m'étais formé des idées assez singulières du soleil et du ciel. Je les rapporterai ici, parce que tout sert à l'histoire de l'esprit humain, et que les premiers systèmes des peuples doivent souvent leur origine à des idées d'enfant. Je croyais, sur le rapport de mes yeux, que le soleil se levait derrière une montagne et se couchait dans la mer ; que le ciel était une voûte qui allait en s'abaissant vers l'horizon, de sorte que je pensais que, si je parvenais jamais jusque-là, je serais obligé de marcher courbé, sans quoi je me casserais la tête contre le firmament. J'entrepris un jour d'atteindre à l'extrémité de la voûte céleste : après avoir marché une heure, voyant qu'elle était toujours à la même distance de moi, j'en conclus qu'il y avait trop loin ; mais je n'en restai pas moins persuadé qu'elle exis- tait, et que si je ne parvenais pas à la toucher, c'est que je n'avais pas d'assez bonnes jambes. Au reste, je me figurais, à la vue des étoiles, que le ciel était percé d'une infinité de petits trous par où la pluie tombait sur la terre, comme par un crible, et que les étoiles n'é- taient que la lumière de Dieu, qui sortait la nuit par ces petits trous. Cette dernière idée n'était pas si enfantine.

Les Grecs si fameux, de qui nous tenons les éléments des sciences, n'avaient pas de opinions plus saines de la nature. Ils s'ima- ginèrent d'abord que le soleil était né à Dé- los, une des îles Cyclades, et qu'il allait tous les soirs se coucher dans la mer. J'estime que les premiers qui eurent cette opinion étaient des Grecs du Péloponèse, et peut-être des Arcadiens, qui en étaient les habitants les plus anciens, puisqu'ils se vantaient d'être sortis de la terre du pays, avant que la lune existât. Délos était, par rapport à eux, l'orient ; car cette île est une des plus orientales des Cyclades. Comme ils voyaient donc le soleil tous les matins se lever au-dessus de Délos, ils jugèrent qu'il y était né ; et comme ils le voyaient chaque soir se coucher dans la mer, ils en conclurent qu'il allait se reposer dans les bras de Téthys, autre divinité de leur invention. Au reste, ils donnèrent au soleil, pour faire sa route, un char, des chevaux, un arc et des flèches. Ils l'équipèrent comme un de leurs guerriers. Il n'y a que le premier pas qui coûte : dès qu'il fut reçu que Délos avait donné naissance au soleil, dieu du jour, on en fit, comme de raison, la patrie de la lune sa sœur, déesse de la nuit ; et bientôt chaque île ou chaque grande montagne fut le berceau d'un dieu et d'un astre. Vénus était née à Cythère, Mercure en Arcadie, et Jupiter, le maître des dieux, au mont Ida.

Il en était de même des autres peuples : chacun faisait lever et coucher le soleil dans son pays, chacun aussi avait ses dieux ; on ne saurait croire combien de désordres dans la morale, et de guerres dans la politique, sont nés de toutes ces théologies et de ces physiques partielles. Il a fallu que les hommes se soient

liés d'abord par le commerce dans toute la
terre. Ils observèrent le cours des planètes
autour du soleil, et en conclurent que l'astre
du jour éclairait d'autres mondes, qu'il était
immobile, et qu'enfin c'était la terre qui
tournait autour de lui sur elle-même, ainsi
que les autres planètes qui en reçoivent leur
lumière. Les autres sciences ne se sont per-
fectionnées de même que par le rassemble-
ment des observations des hommes. Cette vérité est très-importante; car il s'ensuit que la
nature ne fait dépendre l'intelligence des
hommes, comme leur bonheur, que de leur
union, et qu'un enfant ne doit pas être élevé
seulement pour son pays, mais pour le genre
humain.

Laissons donc les enfants croire quelque
temps, s'il le faut, qu'ils peuvent atteindre
le soleil à l'horizon à force de marcher,
comme le croyaient quelques peuples de l'antiquité. Il est bon même qu'ils se convain-
quent de leur ignorance naturelle par leur
expérience, afin qu'ils sentent les obligations
qu'ils ont aux hommes qui les instruisent, et
à ceux qui les ont précédés. Par-là vous leur

donnerez une conviction de leur faiblesse, vous les préviendrez contre la présomption du savoir lorsqu'ils en acquerront, parce qu'ils sentiront que, quoiqu'ils en aient l'usage, l'honneur ne leur en appartient pas, puisqu'ils le tiennent d'autrui. Si chaque docteur était obligé de remettre chaque partie de sa science où il l'a prise, que lui resterait-il en propre? Au moins, conservons à nos enfants la modestie, cette compagne naturelle de la faiblesse, et par-là même de ceux qui ont de grands talents, parce que, voyant plus loin que les autres hommes l'immensité de la nature, ils sont d'autant plus pénétrés de leur impuissance.

Il n'est pas nécessaire de commencer par rendre les enfants astronomes pour leur apprendre à connaître le cours du soleil : ils en trouveront aisément les points principaux. En se tournant vers lui à l'heure de midi, ils auront son orient à leur gauche, son couchant à leur droite, et son nord derrière eux. Son aurore, son midi, son couchant et son nord leur donneront une idée du jour et de ses heures, de l'année et de ses saisons, de la

12*

vie et de ses différents âges ; car un seul jour est une image du cours de la vie.

Choisissons ce jour dans l'enfance de l'année, au mois de janvier. Observons le soleil au matin, à la naissance de l'aurore : sa clarté se fait voir au ciel bien avant qu'il s'y montre lui-même, et y produit ce qu'on appelle le crépuscule ; c'est l'effet de la réfraction de sa lumière dans l'air condensé par le froid, ou plutôt c'est un effet de la Providence, qui, par cette qualité de l'atmosphère, plus dense en hiver, nous prolonge les bienfaits de la chaleur et de la lumière du soleil à son lever et à son coucher, à proportion de la longueur des nuits. Les jours sont les plus courts de l'année en hiver, mais les crépuscules en sont les plus longs. Quoique le soleil s'y montre d'une grandeur démesurée, il se distingue à peine entre les vapeurs de l'atmosphère ; ses rayons décolorés ne répandent que quelques teintes jaunâtres sur un ciel couleur de plomb, et sur des coteaux tout blancs de frimas. Les ruisseaux, glacés et ensevelis sous la neige, ne se distinguent plus des prairies ; ou plutôt il n'y a plus ni prairies ni ruisseaux.

Une triste uniformité est répandue sur la terre; tout y présente l'aspect de la mort : les arbres, sans feuilles, avec leurs branches hérissées de givre, ressemblent à de grands chardons; aucun oiseau ne vient y saluer par ses chants une aurore qui n'annonce que le deuil de la nature : seulement des nuées de corbeaux traversent les airs en croassant, et mêlent leurs cris funèbres au gémissement des vents qui secouent les arbres des forêts; ils s'approchent des villes, ils s'étendent comme un manteau noir sur les voiries couvertes de neige; ils viennent s'y repaître des cadavres des animaux que l'hiver a fait périr : d'autres se répandent le long des plages. Déjà des tourbillons épais de fumée sortent des toits de chaume, et annoncent le lever du laboureur; le faible roitelet et le timide rouge-gorge, pressés par la faim, ne craignent pas d'entrer dans son habitation; ils viennent y solliciter une part des biens que la nature a répandus pendant l'été sur la terre, pour tous les animaux, et que l'homme seul a recueillis dans ses greniers.

L'homme, sans ailes, sans plumage, tout

nu, serait plus misérable dans nos climats ,
que le corbeau carnivore et que le faible roitelet, si la Providence n'avait réuni entre ses
mains le feu, cette ame de la nature. Quel
tableau lamentable il présente ! Combien il
est à plaindre celui qu'on a nommé le roi de
l'univers ! Qui pourra vanter sa raison qui lui
est inutile, son cœur et ses sentiments, qui
lui causent tant de maux ? Voici un animal
tout nu que la nature a abandonné aux injures des éléments, et auquel elle n'a pas
même donné de climat particulier pour vivre,
qu'elle a posé en équilibre sur deux pieds,
et qu'elle fait naître si imbécille, qu'il est
obligé d'apprendre à marcher et même à
manger; à qui seul des animaux elle a refusé
l'instinct de connaître les végétaux, soutiens
de sa vie; dans le cœur duquel elle a logé
toutes leurs passions aveugles, sans avoir
éclairé son cerveau d'une seule de leurs idées
innées; qui ne peut satisfaire ses besoins les
plus communs sans le secours de ses semblables, et qui est sans cesse en guerre avec
eux; qui les persécute et en est persécuté,
qui les massacre et en est massacré, et qui,

devenu à lui-même son plus dangereux ennemi, finit souvent par mourir de chagrin, et quelquefois par se tuer de désespoir : cet animal si misérable, c'est l'homme. D'un autre côté, voici un être que la nature a mis, par ses jouissances, en relation avec ses semblables par toute la terre, et à qui elle a confié le feu, ce premier moteur de l'univers. Il respire dans tous les climats, navigue sur toutes les mers, habite par tout le globe, tourne à son usage tous les végétaux, et dompte tous les animaux; cet être a reçu de la nature les plus belles formes dans son corps, des affections célestes sur son visage, le sentiment inné de la Divinité dans son cœur, l'intelligence de ses ouvrages dans son esprit, l'instinct de l'infinité et de l'immortalité dans ses espérances; et par les harmonies de son intelligence, de sa vertu et de sa raison, il s'est rendu le maître de toute la terre, et se dirige vers le ciel : cet être sublime, c'est encore l'homme.

Il y a des animaux qui vivent environnés de tout l'éclat du soleil, comme l'aigle; d'autres, comme l'abeille et la fourmi, travaillent

dans l'obscurité. Les oiseaux de proie semblent avoir les yeux comme des télescopes,
tandis que les insectes les ont comme des microscopes. Il est certain que les uns et les
autres ne voient pas les objets de la même
grandeur. La vue de l'homme, comme ses
autres organes, tient un milieu harmonique
entre les animaux ; mais, par le moyen du
feu, il se procure tous les degrés de lumière
et de chaleur dont il a besoin : on peut dire
que pour lui seul il n'y a point véritablement
de nuit ni d'hiver.

Il n'est pas difficile de concevoir comment
l'homme a découvert le feu : la nature l'a
mis en évidence dans les incendies des forêts
occasionés par le tonnerre ; dans les fermen-
tations des végétaux, comme nous le voyons
dans les fumiers qui s'échauffent jusqu'à s'en-
flammer ; dans le feu des volcans, qui ne
provient pas de la chute d'une pierre sur un
amas de soufre, comme l'a dit Newton, mais
qui doit son origine à la fermentation des rivages des mers, imbibés des nitres et des
huiles des animaux et des végétaux que leur
apportent les courants. La faculté de faire

usage du feu est un des caractères essentiels qui distinguent l'homme de la bête ; elle n'appartient qu'à la raison d'un être qui est en consonnance avec la raison de la nature. L'homme le plus sauvage fait usage du feu et sait le produire, tandis que le singe le plus civilisé et le plus frileux n'a pas l'idée même de l'entretenir dans nos maisons, quoiqu'il se plaise auprès du foyer. Le feu est le mobile de la société humaine, comme le soleil est celui de l'univers. Je n'entrerai pas dans le détail infini des arts qui emploient le feu ; mais je crois pouvoir dire sans exagération, qu'il n'y en a pas un seul qui n'en fasse usage : de sorte que, si le feu était anéanti sur la terre, le genre humain périrait. Je suppose un homme sans feu, dans la zone torride même : il ne pourrait en aucune manière cultiver la terre, soit en se procurant des outils pour la labourer, soit en élaguant les forêts et les herbes qui s'emparent de toutes les cultures de l'homme, et que le feu détruit ; il ne lui serait pas possible, sans feu, de se tailler des pieux pour bâtir une cabane, ni même de se faire une massue pour se défendre des bêtes féroces, que la vue d'une simple étincelle, pendant la nuit, suffit pour éloigner de son habitation : il y a donc grande apparence que sans le feu il ne pourrait subsister.

Mais ce n'est pas dans l'isolement, dans la solitude, qu'il faut considérer l'homme ; c'est dans la société de ses semblables, c'est dans ces vastes assemblées qu'on appelle nations, qu'il est utile de l'étudier. Les divers gouvernements qu'il inventa pour se garder de lui-même, pour se forcer à la justice et à la vertu, mériteraient d'attirer nos regards ; cependant ils ont été si souvent l'objet des réflexions des philosophes, que je ne leur consacrerai que peu de pages. Je reviendrai de suite à la peinture des sentiments qui font la véritable force de l'homme, parce qu'il les tient du ciel, et que c'est par leur secours qu'il s'élève vers ce ciel, sa première, son unique patrie.

Les philosophes ont beaucoup écrit sur la barbarie des peuples naissants, mais je suis persuadé que cette maladie est étrangère à la nature de l'homme ; elle n'est souvent qu'une réaction du mal qu'une nation dans son enfance éprouve de la part de ses ennemis. Ce mal lui inspire une vengeance d'autant plus vive, que la constitution de l'état est plus aisée à renverser. Ainsi les petites hordes sauvages du Nouveau-Monde mangent réciproquement leurs prisonniers de guerre, quoique les familles de la même peuplade vivent entre elles dans une parfaite union. C'est par une raison semblable, que les animaux faibles sont beaucoup plus vindicatifs que les grands. L'abeille enfonce son aiguillon dans la main qui s'approche de sa ruche, mais l'éléphant voit passer près de lui la flèche du chasseur sans se détourner de son chemin. Quelquefois la barbarie s'introduit dans une société naissante par les individus qui s'agrègent à elle. Telle fut dans l'origine celle du peuple romain, formé en partie de brigands rassemblés par Romulus, et qui ne commencèrent à être civilisés que par Numa. D'autres fois elle se communique, comme une épidémie, à un peuple déjà policé, par la simple fréquentation de ses voisins. Telle fut celle des Juifs, qui, malgré la

4. 13

sévérité de leurs lois, sacrifiaient des enfants
aux idoles, à l'exemple des Cananéens. Le
plus souvent elle s'incorpore à la législation
d'un peuple par la tyrannie d'un despote,
comme en Arcadie, sous Lycaon; et encore
plus dangereusement par l'influence d'un
corps aristocratique, qui la perpétue, pour
l'intérêt de son autorité, jusque dans les âges
de civilisation. Tels sont de nos jours les féroces préjugés de religion inspirés par leurs
brames aux Indiens si doux, et ceux de l'honneur inspirés par leurs nobles aux Japonais
si polis.

Je le répète pour la consolation du genre
humain, le mal moral est étranger à l'homme
ainsi que le mal physique; ils ne naissent
l'un et l'autre que des écarts de la loi naturelle. La nature a fait l'homme bon. Si elle
l'avait fait méchant, elle qui est si consé-
quente dans ses ouvrages, elle lui aurait
donné des griffes, une gueule, du venin,
quelque arme offensive, ainsi qu'elle en a
donné aux bêtes dont le caractère est d'être
féroces. Elle ne lui a pas seulement donné des
armes défensives comme au reste des ani-

niaux; mais elle l'a créé le plus nu et le plus misérable de tous, sans doute pour l'obliger de recourir sans cesse à l'humanité de ses semblables, et d'user de miséricorde envers eux. La misère de l'homme donna naissance à toutes ses vertus. La nature ne fait pas plus des nations entières d'hommes jaloux, envieux, médisants, désirant se surpasser les uns les autres, ambitieux, conquérants, cannibales, qu'elle n'en fait qui ont constamment la lèpre, le pourpre, la fièvre, la petite-vérole. Si vous rencontrez même quelque individu qui ait ces maux physiques, attribuez-les à coup sûr à quelque mauvais aliment dont il se nourrit, ou à un air putride qui se trouve dans son voisinage. Ainsi, quand vous trouvez de la barbarie dans une nation naissante, rapportez-la uniquement aux erreurs de sa politique ou à l'influence de ses voisins, comme la méchanceté d'un enfant aux vices de son éducation ou au mauvais exemple.

Un arbre ressemble à sa branche, et une branche à son arbre : de même le cours de la vie d'un peuple est semblable au cours de la vie d'un homme. Ainsi on peut rapporter aux quatre âges de la vie humaine les quatre principales périodes de la durée d'une nation, et en tirer des conséquences qui ne sont pas indifférentes au bonheur du genre humain. J'en vais rapprocher les similitudes en peu de mots.

Un enfant d'abord existe long-temps dans un état de faiblesse. Combien de chutes ne fait-il pas avant de pouvoir se tenir debout et marcher! Combien de meurtrissures avant de discerner les corps durs de ceux qui sont mous! Pour qu'il puisse distinguer l'épine de la rose, il faut qu'il se soit piqué ; pour qu'il apprenne à se ressouvenir de son chemin, il faut qu'il se soit égaré. Il n'acquiert son expérience que par ses maux, et sa science que par ses erreurs : sa raison fait autant de chutes que son corps. Il estropie tous les mots de sa langue avant de pouvoir parler, et quand le premier rayon de l'intelligence commence à luire à son esprit, combien de préjugés n'adopte-t-il pas comme des vérités! Il se modèle en tout sur l'exemple d'autrui ; il pleure s'il voit pleurer, il rit s'il voit rire.

Ses principes se forment sur ses préjugés, et ses mœurs sur ses habitudes. Prévenu dans tous ses besoins par sa mère, il ne voit long-temps en elle qu'une femme chargée de lui donner à manger, et de le porter sur son dos ou dans ses bras. Ne connaissant pas les maux innombrables qui menacent sa frêle existence, il n'a jamais réfléchi sur les inquiétudes de l'amour maternel, ni ressenti toutes les obligations de l'amour filial. D'un autre côté, la mère ne pouvant le guider par la lumière de la raison, le subjugue souvent par le sentiment de la crainte. Elle l'effraie par des contes de fées, d'ogres, de revenants. Rien n'est aussi crédule qu'un enfant. Ayant tout à redouter par sa faiblesse, il croit à tout ce qui lui fait peur; d'ailleurs il ne connaît de mal que la douleur, et de bien que le plaisir. Emporté par les impressions vives que font sur ses sens tout neufs des objets nouveaux, ses passions varient à chaque instant. Il aime ce qui brille et ce qui fait du bruit; il court après un papillon qui vole; il s'efforce d'escalader l'arbre où il entend chanter un oiseau; il donnera son vêtement pour une poupée,

13*

et il laissera demain la poupée qui le passionne aujourd'hui. Désireux de tout ce qu'il
n'a pas, il méprise tout ce qu'il a. Il prend
sans scrupule ce qui est à sa bienséance, et
donne sans prévoyance ce qui est le plus nécessaire à ses besoins. Sans ambition comme
sans modestie, il admet indifféremment à ses
jeux l'enfant du pâtre comme celui du roi.
Au reste, confiant, généreux, gai, toujours
en mouvement, ne connaissant de bonheur
que dans la liberté, ses amitiés sont aussi
rapides que ses haines, ses plaisirs que ses
chagrins, et ses projets que ses réflexions.

Tel est l'homme dans l'état sauvage. Il
ignore la plupart des arts utiles à la vie.
Comme un enfant, il combat souvent avec
des pierres et des bâtons. Sa langue, stérile
comme sa raison, ne renferme que peu de
mots, et n'exprime qu'un petit nombre d'i-
dées. C'est un être animal qui ne connaît
d'autre supériorité que celle de la force, et
d'autres besoins que les physiques. Méprisant
tout ce qui est plus faible que lui, il opprime, souvent sans s'en douter, la compagne de ses peines; il oblige sa femme de la

bourer son champ, de moissonner son maïs, de lui préparer ses repas. Dans ses courses longues et fréquentes, il lui charge sur le dos ses provisions, ses petits enfants et tous ses équipages. Mais, par une juste réaction, il est opprimé à son tour par sa religion ; car la religion, par toute la terre, étant le refuge naturel des infortunés, tyrannise d'autant plus les tyrans, que les femmes ont plus à se plaindre d'eux. Ce sont elles qui, par leur faiblesse et leur nombre, donnent un pouvoir redoutable à toutes les superstitions populaires. Si elles s'attroupent devant quelque rocher d'une couleur étrange, et qu'elles s'y inclinent, les hommes s'y agenouillent, et bientôt leurs chefs s'y prosternent. C'est ainsi que, dans l'île d'Iona, l'ancienne métropole des îles Hébrides, les chefs des montagnards écossais prêtaient serment en tremblant sur deux pierres noires. Sans ce serment, les tribus sauvages ne se seraient pas fiées à leur conscience. Ainsi, dans nos siècles de barbarie, Louis XI, qui enfreignait sans scrupule les lois de l'humanité, craignait de se parjurer sur la croix de saint Louis. Les superstitions des tyrans sortent du sein des misérables; ce sont des nourrices qui effraient à leur tour leurs nourrissons. L'homme, dans l'état sauvage, est plus ému des objets qui étonnent ses sens, que de ceux qui éclairent sa raison; de là vient qu'il aime beaucoup toutes les cérémonies d'éclat, et les révère d'autant plus qu'il en pénètre moins le sens. Comme un enfant, il imite toutes celles qu'il voit faire; il se revêt, quand il le peut, de la chemise de l'Européen, il se coiffe de sa perruque, et après s'en être paré, il les suspend comme des manitous à un arbre voisin de son village. Il est avide de tout ce qu'il voit, et prodigue de tout ce qu'il a. Il donne le produit de ses chasses pénibles et de sa laborieuse industrie pour des grains de verre et des sonnettes. Il s'efforce, la nuit, d'enlever l'ancre du vaisseau avec lequel il a traité pendant le jour, et le lendemain il porte en présent le lit dont il aura besoin le soir. Sans prévoyance, il cède en automne le terrain qu'il doit ensemencer au printemps, et ses alliances ne durent qu'autant que ses intérêts. Regardant tous les hommes comme égaux, présente son calumet à un matelot comme un amiral, et s'il admet entre eux quelque distinction de rang, ce n'est que celle de l'âge. Au reste, gai, naïf, généreux, toujours errant, il ne connaît de bonheur que la liberté : un Sauvage n'est qu'un enfant robuste.

Tels ont été, dans leur origine, la plupart des peuples de l'Europe, et tels sont encore de nos jours ceux de l'Amérique.

Dès qu'un enfant a atteint l'âge de puberté, sa taille commence à se former ; ses traits prennent du caractère, sa voix mue et se renforce ; ses yeux, encore voilés par la timidité de l'enfance, s'animent des premiers feux de la jeunesse : cet âge est l'aurore de la vie. C'est alors qu'une lumière nouvelle écarte les nuages de l'ignorance. Dans l'état de nature, un adolescent pourvoit déjà à ses besoins : il harponne le poisson au fond des eaux, il abat d'un coup de flèche l'oiseau au haut des airs, il atteint la bête fauve à la course. Des désirs inconnus viennent l'agiter. Autrefois un ami suffisait pour calmer ses inquiétudes, maintenant il s'étonne de sou-

pirer au sein d'un ami; il cherche un cœur
qui réponde plus parfaitement à son cœur;
bientôt il trouve la moitié de lui-même dans
une maîtresse. Jusqu'alors il n'avait aperçu
dans une jeune fille qu'un être plus faible que
lui, maintenant il sent dans celle qu'il aime
une puissance supérieure à lui; elle éclaire
son intelligence en la subjuguant, et redouble
sa force en la soumettant au pouvoir de ses
charmes; elle lui inspire des lumières et des
vertus qu'il ne connaissait pas. Pour lui
plaire, il chante, il fait des vers, il perfectionne son industrie, il s'occupe de l'arrange-
ment de son habitation, des soins d'un époux,
d'un père, d'un citoyen. Dans son ardeur in-
quiète, il observe toute la nature, et il sent
dans toute la nature un Être puissant qui
aime comme lui. Son cœur se dégage des
préjugés de l'enfance et des terreurs de la
superstition; sa religion devient confiante et
sublime : c'est l'amour qui le fait homme.
L'amour fait couler dans ses veines tous les
feux de l'héroïsme. Il est prêt à donner sa vie
pour une patrie qui l'attache par de si doux
liens; que dis-je! si l'objet aimé le lui com-

mande , il tentera de subjuguer l'univers,
O Pélopidas ! vous ne donnâtes à Thèbes que
de saintes victimes de la patrie, avec un bataillon d'amis ; vous lui auriez donné des hé-
ros qui en auraient étendu au loin l'empire,
avec un bataillon d'amants.

Tel est un peuple qui passe de l'état sauvage à l'état policé. Il perfectionne d'abord
tous les arts utiles, et bientôt il invente les
arts agréables. Les femmes, aidées de leurs
moyens, donnent plus de pouvoir à leurs
charmes ; elles secouent le joug de l'oppres-
sion domestique où elles étaient retenues par
les lois du plus fort. Les mœurs s'adoucissent :
il se forme des associations de chevalerie qui
s'occupent du soin de réprimer les injustices,
sur-tout celles qui sont commises envers les
femmes. La religion, dégagée des terreurs
de la barbarie, prend de l'élévation et de la
majesté. Bientôt se développent tous les arts
qui donnent à l'amour son empire, et qui en
reçoivent à leur tour leur perfection : la musique, la poésie, la peinture, la sculpture,
l'architecture, les théâtres. Les femmes deviennent le sujet et l'objet de toutes les fêtes

publiques ; elles président aux spectacles,
aux bals, aux tournois, aux exercices mili-
taires. L'art de la guerre, qui les effraie dans
les combats, leur plaît dans ses jeux; et leurs
applaudissements redoublent l'ardeur des
guerriers. Pour mériter l'estime des femmes,
tout citoyen veut devenir soldat : l'art de la
guerre se perfectionne, la nation sent ses
forces, et s'enflamme bientôt du désir des
conquêtes. Alors un état a toute l'énergie de
la jeunesse et de l'héroïsme : les siècles des
amours sont aussi les siècles de gloire.

Tel a été le développement de plusieurs
états de la Grèce jusqu'à Alexandre ; de Rome
(où, selon Ovide, Vénus avait plus de temples qu'en aucun lieu du monde) jusqu'à Auguste; et de la France depuis François Ier
jusqu'à Louis XIV.

Vient l'âge viril : le feu des passions se
calme. L'homme, formé par l'expérience du
passé, s'occupe particulièrement de l'avenir.
Son soin principal est de consolider sa fortune : il sent alors que l'argent sert plus que
la gloire. Il quitte les choses agréables pour
les utiles, et préfère la commodité à la ma-

nificence; il fait des projets de commerce
t d'agriculture; il cherche à se former des
lliances avantageuses et à établir sa posté-
té; il n'est plus l'amant de sa femme, mais
en est l'époux; son amour se change en
stime; sa religion s'épure, il est moins touché de sa pompe que de son esprit; ses ver-
us, plus solides, se portent sans éclat au
onheur de ses semblables. L'âge viril est
âge de la force et de la raison.

Tel est l'état d'un peuple après le dernier
ériode de sa civilisation. Le siècle de la phi-
sophie y succède à celui des beaux-arts; on
nt moins, mais on raisonne mieux : tout
t soumis à l'analyse. Les arts de goût dé-
inent, mais les arts utiles se perfectionnent.
a forme des meubles, la distribution des
aisons, la police des villes, l'agriculture,
commerce, la navigation, tous les arts et
utes les sciences politiques font des progrès
pides. Chaque citoyen sent que son bon-
eur particulier dépend du bonheur général;
s conditions se rapprochent. La population
ccroît sensiblement; l'état établit au dehors
s colonies; au dedans, les femmes sont

4.   14

plus compagnes que maîtresses. La religion
dirige ses vues plus directement vers le bonheur des hommes; elle gagne en service
d'humanité ce qu'elle perd en cérémonies.
Le crédit de la gloire diminue, et celui d[e]
l'argent augmente. On préfère une paix util[e]
à une guerre glorieuse; le repos paraît d'au[-]
tant plus doux que l'agitation des âges pré[-]
cédents a été plus grande; souvent même l[e]
malheur passé accélère cette révolution[,]
comme un ver qui pique un fruit en rend [la]
maturité plus précoce, quand il ne le fait p[as]
périr; comme de longues infortunes, e[n]
frustrant un jeune homme des plaisirs de s[on]
âge, donnent à son jugement la perfectio[n]
de l'âge mûr, quand elles ne le renverse[nt]
pas.

Tel est devenu le caractère de l'Angleterr[e]
de la Hollande et de la Suisse, après avo[ir]
long-temps gémi sous le joug de leurs tyran[s]
Tel commence à devenir le nôtre, par le b[é-]
néfice des siècles et la sagesse de nos ro[is]
S'opposer à notre maturité politique, c'e[st]
empêcher qu'une fleur ne donne son frui[t]
et qu'un enfant ne devienne homme; c'e[st]

...ouloir contenir toute la sève d'un arbre dans ...on tronc, et opérer dans un état les mêmes ...évolutions qui perdirent les principales ré...ubliques de la Grèce et l'Empire romain.

Enfin la vieillesse arrive, et ne laisse plus ...l'homme d'autre besoin que l'amour du ...epos et des jouissances paisibles. Il s'entoure ...e commodités ingénieuses, et comme on ...e les acquiert qu'avec de l'argent, son am...tion décline tout-à-fait en avarice; il de...ent sédentaire; il ne va plus chez les autres, ...ais il les attire chez lui. Comme il ne voit ...us que sa fin dans l'avenir, il en détourne ...pensée, et la rejette vers le passé. Il se ...ppelle avec délices les époques de son en...nce. Ses premières habitudes renaissent. ...omme un enfant, il incline vers la supers...ion; il est plus ému des cérémonies de sa ...ligion que touché de son esprit. Sa femme, ...même, a plus de part à ses respects qu'à ...n amour; il l'environne d'étiquettes, et se ...uverne, ainsi que toute sa maison, par ...utorité de la coutume. De là vient qu'il ...éfère un abus ancien à une nouveauté utile. ...ependant, si l'âge affaiblit son tempéra-

ment, il y supplée par l'exactitude de son
régime ; il évite tout ce qui peut ébranler sa
constitution. L'absence des passions tumul-
tueuses donne plus de liberté à son ame : il
calcule avec prudence ses démarches et celles
d'autrui. Comme sa faiblesse le rend attentif
à tous les événements qui peuvent lui nuire,
il les prévoit de loin, et sait en profiter par
sa longue expérience. C'est à lui qu'appartient
de gouverner les membres d'une nombreuse
famille.

Tel est le caractère d'un empire qui a
vieilli. Il ne songe qu'à se maintenir en paix
et à attirer chez lui l'argent et le commerce
des autres nations. Ainsi, quoique despotique
par sa nature, il est tolérant par intérêt. Il
perfectionne les arts de luxe, et il néglige les
arts utiles. On y loue beaucoup les temps
passés ; on y fait plus de cas d'une vieille
médaille que d'une invention moderne, et
des fondateurs de l'empire que de ceux qui
le régissent. La coutume y est tout, et la
mode rien. Les anciennes pompes sont réta-
blies et augmentées dans les assemblées politiques et religieuses. Le cérémonial règle

outes les démarches du gouvernement, et pénètre jusque dans l'intérieur des familles. La gravité devient le caractère général de la nation. Les femmes y rentrent dans un esclavage, non de barbarie, mais de bienséance. L'esprit militaire s'affaiblit, mais l'esprit politique se perfectionne. Si on y est exposé aux invasions des ennemis, on repousse leurs armes par des négociations ; et telle est la supériorité de la sagesse sur la force, qu'un état ancien étend son autorité bien au delà de ses domaines ; il rejette dans le sein de ses ennemis les discordes qu'ils lui préparaient, leur en suscite à son tour de nouvelles, et s'il vient à succomber sous leurs efforts, il finit souvent par conquérir ses propres conquérants.

Tel est l'état de la Chine.

Cette comparaison des quatre âges de la vie d'un peuple avec les quatre âges de la vie d'un homme, me semble d'autant plus juste, que beaucoup de hordes sauvages périssent avant de devenir des peuples parfaits, ainsi que beaucoup d'enfants meurent avant de devenir des hommes. Tel a été le sort de quantité de petites nations en Amérique et en Tartaric. D'autres, comme des jeunes gens, se détruisent dans la vigueur de l'âge, par l'abus de leurs propres forces. Tel fut l'empire d'Alexandre, qui ne put atteindre à l'âge viril. Il y en a qui parviennent tout d'un coup de la jeunesse à la caducité, sans passer par l'âge mûr, comme l'Empire romain, qui se détruisit par le luxe même qui fait fleurir l'Asie depuis tant de siècles. C'est que les Romains n'avaient que le goût du luxe, et que l'Asie en a de plus les matières premières et les manufactures. Enfin il y a des états qui périssent dans le cours de leur jeunesse, par leur mauvaise constitution, comme la Pologne ; et d'autres qui passent tout d'un coup de l'enfance à l'âge viril, comme la Russie y passa par l'influence du génie de Pierre-le-Grand.

On peut reconnaître par ces aperçus, que le caractère primitif d'une nation, ainsi que celui d'un homme, est souvent altéré par le commerce de ses voisins : ainsi les mœurs françaises ont hâté la maturité des peuples du Nord. Au fond, ce n'est qu'une réaction ; car la barbarie des anciens peuples du Nord, qui ont inondé l'Europe à plusieurs époques, a retardé long-temps notre civilisation. Aujourd'hui notre influence y est devenue plus étendue, plus puissante et plus rapide que celle d'aucun peuple barbare ou policé, grace aux talents de nos gens de lettres. C'est par leurs immortels ouvrages que la langue française est devenue universelle dans toutes les cours de l'Europe, et c'est par la douce philanthropie qu'ils inspirent, que les peuples de cette partie du monde se rapprochent insensiblement les uns des autres.

La nature tire ses harmonies des contraires; elle fait contraster dans ce vaste corps du genre humain les âges des peuples, comme elle oppose dans une même famille les âges de ses différents membres. Elle y met à-la-fois des enfants, des jeunes gens, des hommes faits et des vieillards, afin que la force soit utile à la faiblesse, et l'expérience à l'ignorance. Mais afin qu'il n'arrivât pas que le genre humain fût à la fin dominé par un seul de ces caractères, ce qui entraînerait sa destruction, comme il arriverait à une famille, qui ne pourrait subsister

toute seule, si elle était uniquement composée de faibles enfants, ou de jeunes gens
pleins de passions, ou de vieillards caducs,
il me semble qu'elle a donné à chacune des
quatre parties du monde un caractère analogue à chacun des quatre âges de la vie humaine. Il me semble de plus qu'elle a im-
primé ce caractère non-seulement au territoire, mais aux peuples, quelles que soient
les périodes particulières de leurs développements, puisqu'elle a placé dans plusieurs
parties du globe, malgré la variété des saisons, des foyers constants de froidure et de
chaleur, d'humidité et de sécheresse, qui
influent sur toute la terre, et y entretiennent
sans cesse la chaîne de ses harmonies.

Ainsi la nature paraît avoir assigné le caractère de l'enfance à l'Amérique. Elle a rendu sa
température en général douce et humide, telle
que celle des enfants. Elle a placé une grande
portion de son territoire dans la zone torride,
mais elle la rafraîchit par l'élévation de son
sol, par l'ombrage des plus vastes forêts qu'il
y ait au monde, par le souffle perpétuel des
vents alizés, par une longue chaîne de mon-

agnes à glaces, d'où découlent vers sa parie la plus chaude les plus grands fleuves de
a terre. Elle y a pourvu aux besoins simples
de ses habitants par des productions végétales,
qui demandent peu d'apprêt et d'industrie.
Elle y a mis leur nourriture en terre, à l'abri
des ouragans et des oiseaux, dans les racines
du manioc et de la patate; leurs vêtements
sur le cotonnier, arbrisseau qui se couvre
de flocons de laine, comme une brebis; leurs
meubles dans les branches du calebassier,
qui se chargent de fruits cucurbités, dont on
peut faire toute sorte de vaisselle; leurs loge-
ments, sous les arcades du figuier d'Inde et
de plusieurs espèces d'arbres. Là on ne rencontre que très-rarement des bêtes féroces
dangereuses à l'homme; mais on y voit des
troupes de singes qui se livrent à mille jeux
innocents; des oiseaux qui charment les yeux
par les plus vives couleurs, ou les oreilles
par les plus doux ramages. Telles sont les
températures et les productions les plus
communes du Mexique, du Pérou, du Bré-
sil, de la Guiane, de la Terre-Ferme d'A-
mérique, et des îles innombrables qui avoi-

sinent leurs rivages. Ces vastes et paisibles
contrées semblent réservées à l'enfance du
monde ; et si j'avais à représenter un de leurs
heureux habitants dans cette passion ravis-
sante où chaque être se montre avec son caractère naturel, je veux dire l'amour, je le
peindrais vêtu de plumes, couché dans un
hamac de coton suspendu à des bananiers,
et servi par sa maîtresse, qui lui présente
une calebasse pleine de fruits délicieux.

Le caractère bouillant de la jeunesse semble appartenir à la brûlante Afrique. Cette
partie du monde est traversée d'une longue
zone de sable qui y redouble les ardeurs du
soleil à son zénith. Son atmosphère embra-
sée y teint de noir tous les habitants, et n'est
rafraîchie que par des ouragans et des ton-
nerres. La terre y porte beaucoup de fruits
qui lui sont particuliers, comme la datte ;
mais ceux qui lui sont communs avec l'Europe, tels que l'abricot, la grenade, la figue,
le raisin, l'olive, y viennent beaucoup plus
gros que dans aucune partie du monde. Qui
n'a pas ouï parler de la fertilité de l'Égypte ?
L'Afrique donne, dans la plupart de ses ré-

ons, jusqu'à deux moissons par an. Cependant ses campagnes si fécondes sont désolées
par des bêtes féroces; et les amants n'osent
se donner de rendez-vous dans les bocages,
qui servent souvent de retraite à un rhinocéros, à un tigre perfide, à un buffle furieux, ou à un lion toujours en courroux. Les
voyageurs ne traversent qu'en nombreuses
caravanes ses profondes solitudes, dont les
échos répètent, de tous les points de l'horizon, les hurlements des animaux qui demandent de la proie. Le berger, armé jour et nuit
pour la défense de ses troupeaux, s'y exerce
à une guerre impitoyable. Là, sont des vengeances implacables comme celle d'Achille;
là, des peuples entiers prennent les armes,
et, sans projet de conquête ni de butin, mas-
sacrent des peuples entiers, hommes, femmes,
enfants, en boivent le sang et se repaissent de
leur chair.

Approchez des bords de la Méditerranée,
vous verrez en opposition des villes commer-
çantes et tranquilles de l'Espagne et de l'Ita-
lie, telles que Cadix, Livourne, Ceuta, les
états orageux de Maroc, de Tunis, d'Alger,

retraites de pirates qui alarment sans cesse le
commerce de l'Europe. Les guerres, les révolutions, l'esclavage, auraient bientôt dé-
peuplé ces contrées, si les femmes n'y étaient
aussi fécondes que la terre qui les nourrit.
Mais l'amour même qui répare les maux que
fait la guerre, ne fait qu'ajouter à la férocité
des hommes. Là, la beauté appartient au
plus redoutable : ce n'est point avec des larmes que l'amour s'exprime, c'est avec du
sang. Le Maure, couvert d'une peau de tigre, se montre à sa maîtresse la poitrine
ensanglantée et les bras percés de son poi-
gnard. Il fait de sa sultane son esclave, et
quelquefois sa victime. L'Afrique présente
dans son climat, ses animaux et ses habitants, la force, le délire et les fureurs de la
jeunesse.

L'Europe a une température semblable à
celle de l'homme dans l'âge viril. Elle n'a ni
l'humidité de l'Amérique, ni les ardeurs de
l'Afrique; ses campagnes sont suffisamment
arrosées par un grand nombre de rivières
navigables. Cependant les végétaux nécessaires à la vie humaine y demandent plus de

culture et d'apprêts que dans aucune autre partie du monde. C'est là qu'il faut greffer, tailler les arbres fruitiers, labourer la terre avec de lourdes charrues, la fumer, battre les blés, les moudre, et en préparer le pain par une multitude d'arts qui ont rendu cet aliment, particulier à ses peuples, le plus coûteux de tous ceux qui servent à la subsistance du genre humain. C'est là que les rivières, les collines, les plaines, sont couvertes de moulins et de fabriques en tout genre : l'industrie humaine y paraît dans toute son énergie. L'esprit de l'homme accroît ses forces à proportion des difficultés que lui oppose la nature. Là, les forêts ne périssent pas inutilement aux lieux qui les ont vues naître : la hache européenne les façonne en vaisseaux qui vont naviguer sur toutes les mers. Les sciences, les arts agréables et utiles, mais sur-tout les arts de la puissance, tels que la navigation et la guerre, y sont dans leur perfection. Cette petite partie du monde doit au seul progrès de ses lumières et de ses forces la prépondérance qu'elle a acquise sur les trois autres. Seule,

4. 15

elle a subjugué l'Amérique; elle a établi des forts inexpugnables en Afrique et en Asie; elle est la seule dont toutes les puissances se lient tour-à-tour par des traités, et semblent n'être que les membres d'une famille unique. Heureuse, si ses lois intolérantes, et surtout l'éducation ambitieuse de ses peuples, ne les armaient pas sans cesse les uns contre les autres, et ne les divisaient encore plus que les traités politiques ne les rapprochent! C'est là que la femme, chargée de l'intérêt public par les malheurs des peuples, détruit par l'inconstance des modes la servitude des anciennes institutions, et par l'empire des graces celui de la barbarie : les lois gauloises la livraient comme esclave à son époux, la religion chrétienne la lui présente comme une compagne, mais la coutume l'a faite souveraine.

Le caractère de la vieillesse peut se rapporter à l'Asie, la plus anciennement peuplée des quatre parties du monde. Elle réunit de plus les avantages des trois autres par la variété de ses températures; car la Cochinchine et le royaume de Siam y sont aussi humides que l'Amérique ; l'Indoustan, aussi chaud que l'Afrique ; la Perse et une partie de la Tartarie, aussi tempérées que l'Europe. En général, le sol y est plus élevé, le ciel plus serein, l'air plus pur et plus sec que dans le reste du globe. La nature y a rassemblé toutes les richesses qui sont dispersées ailleurs, et elle y a mis, dans les productions de chaque règne, les espèces d'une qualité supérieure à toutes celles que l'on trouve dans les autres contrées du monde : comme si l'Asie était en tout genre la patrie des pères. L'acier de Damas, l'or et le cuivre du Japon, la perle d'Ormus, les diamants de Golconde, les rubis du Pégu, les épiceries des Moluques, le coton, les mousselines et les riches teintures de l'Inde, le café de Moka, le thé de la Chine, ses belles porcelaines et ses brillantes soieries ; les chèvres d'Angora avec leurs douces toisons ; le paon de Java, et le faisan de la Chine avec son plumage, enfin, presque tout ce qui fait l'objet principal des délices, du luxe et du commerce de l'Europe, vient de l'Asie. Les Grecs et les Romains en avaient tiré la plupart des arbres à fruit que nous cultivons

aujourd'hui. Nous en avons exporté les végétaux qui font la richesse de nos colonies en
Amérique, tels que le café, l'indigo, la canne
à sucre ; nous lui devons le ver-à-soie qui fait
fleurir en Europe tant de manufactures ; enfin, c'est d'elle que sont sortis les arts, les
sciences, les lois, les religions et les peuples
de toute la terre. La nature semble avoir réservé cette abondance magnifique à la patrie
de ses fils aînés et des pères du genre humain, comme parvenus à l'âge où il convient
à l'homme de recueillir les fruits de ses longs
travaux, et d'en rassembler toutes les jouissances. Si je représentais donc un Asiatique
amoureux, ce serait comme un patriarche
avec une barbe vénérable, couché sur un
sofa, entouré de parfums, servi par des
femmes somptueusement vêtues, respec-
tueuses, et attentives à lui plaire.

Il y a encore dans les quatre parties du
monde des qualités physiques et morales re-
latives aux quatre âges de la vie que nous leur
avons assignés : par exemple, les Américains
sont imberbes comme des enfants ; les Nègres
ont pour barbe une espèce de coton, tel que

celui qui couvre le menton des jeunes gens. Les Européens rasent leur barbe, comme des hommes faits; mais les Asiatiques la portent longue, comme des vieillards. Ils conservent avec le plus grand respect ce caractère patriarcal. Le plus grand affront qu'on puisse faire à un Asiatique, est de l'en priver; comme le serment le plus sacré qu'on puisse exiger de lui, est de le faire jurer sur sa barbe. Peut-être le climat, qui est humide en Amérique, brûlant en Afrique, sec en Asie, est cause des diverses modifications de cet ornement naturel, que nous autres Européens regardons comme une superfluité incommode dans nos climats pluvieux. Mais il n'en est pas moins vrai que les variétés de la barbe s'accordent, dans chaque partie du monde, avec les périodes de la vie humaine que nous leur attribuons, et se combinent parfaitement avec les autres traits de la physionomie. Ainsi les Indiens de l'Amérique ont en général le front étroit, de gros yeux à fleur de tête, le nez court, des traits peu prononcés; ce qui, avec leur menton imberbe, leur donne un air de simplicité qui convient à l'enfance.

15*

Les Noirs d'Afrique, avec leur menton co-
tonné, ont des nez épatés, des yeux dont le
blanc, ainsi que celui de leurs dents, contraste durement avec la noirceur de leur visage, dont ils augmentent la rudesse par des
balafres qu'ils se font; ce qui leur donne un
air violent et hardi : d'ailleurs ils sont d'une
vigoureuse constitution. Les Européens ont
des corps très-bien proportionnés et de beaux
traits, témoin ces belles statues des deux
sexes que la Grèce nous a laissées, et dont
je ne sache pas que ses artistes, si curieux
de rechercher le beau en tout genre, aient
été prendre des modèles en Afrique ou en
Asie. C'était, je pense, dans l'intention de
montrer toute la beauté de la figure humaine,
et leur ingénieux savoir, qu'ils ont représenté
tant de figures sans vêtements, et beaucoup
d'hommes sans barbe, pour ne rien voiler de
la beauté européenne. En Asie, les Turcs,
les Persans, les Indiens, portent les barbes
les plus amples qu'il y ait au monde, qui,
avec leurs grands fronts et leurs nez aquilins,
donnent à leur visage une gravité particulière.
Le costume est parfaitement d'accord avec

ces caractères : car les peuples du Pérou et du Mexique sont simplement vêtus d'une chemisette de coton ; ceux du Zara, de l'Atlas et de la Nigritie, de peaux de bêtes féroces ; les Européens, d'habits courts et justes, qui font paraître toute la taille ; les Asiatiques, de robes longues qui la voilent jusqu'aux pieds : de sorte que les Américains ont l'air innocent et doux, les Africains effronté, les Européens viril, et les Asiatiques vénérable, tel qu'il convient à l'enfance, à la jeunesse, à l'âge mûr et à la vieillesse.

Les plaisirs et les mœurs de ces nations sont analogues à leurs caractères. Les habitants de l'Orénoque, les Mexicains et les Péruviens, aiment passionnément les jeux qui exercent le corps, entre autres le jeu de balle ; les Maures d'Afrique, les exercices de l'adresse, de la force et du courage, tels que les courses de bague et les combats de taureaux, dont ils introduisirent le goût en Espagne lorsqu'ils en firent la conquête ; les Nègres, la musique la plus bruyante ; les Européens, les spectacles convenables à des peuples qui cultivent leur esprit ; les Asiatiques, les assemblées où la raison s'exerce en silence, telles que les cafés, où ils fument leur pipe sans parler, où ils jouent aux échecs ; car ce jeu nous est venu de ce pays, ainsi que le trictrac des Indes. Il y a un autre exercice qui caractérise partout l'esprit des nations ; c'est la danse. Celle des Américains est pantomime, car ils imitent, comme des enfants, tout ce qu'ils voient faire ; celle des Nègres est querelleuse, et on y voit pour l'ordinaire deux champions armés de bâtons ou de zagaies, qui feignent de se battre. Le menuet règne sur les bords de la Seine, et paraît la danse la plus propre à combiner à-la-fois les graces d'un cavalier et de sa dame. Quant aux Asiatiques, cet exercice leur paraît si contraire à la gravité de leur caractère, qu'ils se croiraient déshonorés s'ils s'y étaient jamais livrés : ils aiment cependant les danses, sur-tout celles qui sont libres et voluptueuses. Pour se procurer ce plaisir, ils introduisent des baladins dans leurs grands festins, qui durent quelquefois plusieurs jours, comme ceux d'Assuérus, car le goût de la table est encore celui des vieillards ; mais jamais aucune femme honnête ne paraît dans leurs divertissements publics. Enfin, on se formera une idée précise des mœurs domestiques de ces diverses nations, en y considérant le sort des femmes, qui par tout pays en sont le principe et la fin. Dans les quatre parties du monde, elles ont des fonctions analogues aux quatre âges de la vie : elles sont nourrices en Amérique, esclaves en Afrique, compagnes en Europe, et servantes en Asie.

Les mêmes nuances se retrouvent dans les gouvernements de ces contrées. On y reconnaît d'abord les deux puissances temporelle et spirituelle, ou militaire et ecclésiastique, qui, par toute la terre, se disputent la domination des hommes; et chacune d'elles y a plus ou moins d'autorité, suivant le degré de maturité de chaque partie du monde. Ainsi, parmi les peuples enfants de l'Amérique, ce sont les prêtres qui ont la puissance, et qui gouvernent par les terreurs de la superstition. Les Mexicains et les Péruviens, déjà avancés en civilisation, avaient à la vérité des souverains; mais ces souverains, quoique très-despotes, étaient les premiers esclaves des idoles. Chez les peuples de l'Afrique, le pouvoir militaire ou royal l'emporte sur le pouvoir religieux. Les Nègres, quoique fort superstitieux, changent souvent de dieux et de religion, même dans leur pays natal. Lorsqu'ils sont esclaves dans des pays étrangers, ils prennent aisément la religion de leurs maîtres, et la quittent avec la même facilité ; comme ils ne connaissent d'autre puissance que la force, ils sont toujours de la religion du plus fort ; et cette mobilité de caractère, produite par la fougue de leur tempérament, ne se trouve chez aucun peuple de l'Amérique, de l'Europe ou de l'Asie. Dans le régime viril de l'Europe, les puissances temporelle et spirituelle se rapprochent ou se divisent à proportion de la maturité des nations ; mais chez celles de l'Asie, elles se réunissent et se confondent dans la personne du souverain, comme au temps des patriarches. Les monarques de l'Asie sont à-la-fois rois et pontifes, de manière cependant que, quoique la religion du prince préside à toutes les opérations de l'état, toutes les autres religions y sont publiquement tolérées : il n'y a pas un souverain en Asie qui n'y règne

au nom de la religion. Dans la religion maho-
métane, les chefs de l'état se disent les des-
cendants du Prophète : tel est le grand-sei-
gneur chez les Turcs, le sofi de Perse, le
grand-mogol, le prince de Moka, les émirs
des Arabes, les anciens califes d'Égypte et de
Bagdad, et les schérifs, qui se sont emparés
d'une si grande partie de l'Afrique. Dans les
religions idolâtres de l'Asie, comme celles de
l'Indoustan, du Pégu, de Siam, de la Cochinchine, les monarques prennent le titre
de frères du soleil et de la lune. Dans la religion de la Chine, l'empereur sacrifie publiquement à l'Esprit du ciel : les autres parties
du sacerdoce pontifical passent aux mandarins
des villes, et même à tous les pères de famille, qui offrent souvent des hommages religieux à Confucius et aux esprits des ancêtres. Lorsque les deux puissances militaire et
ecclésiastique se sont séparées dans la personne du prince, comme au Japon, l'empereur ecclésiastique ou daïri s'est réservé le
droit très-important de conférer tous les premiers titres d'honneur de la cour de l'empereur séculier, qui de plus est obligé chaque

année de lui payer de grands tributs : ces titres d'honneur sont des titres de sainteté. Ainsi on peut dire que, dans toute l'Asie, le gouvernement des peuples est véritablement théocratique ; les édits mêmes des souverains y renferment des leçons de morale, ou des exhortations à la vertu, comme il convient aux ordres des vieillards : de sorte que, si on s'arrête au langage des lois dans chaque partie du monde, on y retrouvera les caractères de leurs habitants ; car elles font parler en Amérique le courroux des dieux, en Afrique la colère des rois, en Europe leur bon plaisir et quelquefois l'intérêt des peuples, et en Asie la volonté du ciel.

Il ne faut pas conclure de ces rapprochements, que j'attribue les vices et les vertus de chaque peuple à son climat : j'ai réfuté ailleurs par des preuves de fait cette erreur, mise au jour par de célèbres écrivains. Ce que je viens de dire, même sur les diverses températures de chaque partie du monde, en est une nouvelle réfutation. Il est certain que les chaleurs de l'Afrique n'en rendent pas les Nègres efféminés, comme les noirs habitant

du Bengale, qui vivent sous un climat presque semblable ; de même que les chaleurs du
Bengale et de la côte d'Arisca ne rendent pas
les Indiens barbares, comme les Nègres de
Saïda ou les Maures de l'Afrique. La barbarie
et le luxe ne sont pas des effets du climat,
mais des maladies et de l'âge des nations.
La première les attaque dans toute sa force à
leur naissance, et s'affaiblit à mesure qu'elles
vieillissent ; l'autre, au contraire, croît avec
elles, et est dans toute sa vigueur à leur dé-
cadence. La barbarie naît de la faiblesse d'un
peuple enfant, gouverné par le despotisme
d'un monarque ou d'un corps, et elle a toujours pour base quelque opinion religieuse.
Le luxe, au contraire, vient de la faiblesse
d'un peuple vieillard, et est fondé sur des
besoins physiques, qui se multiplient avec
l'âge. La barbarie et le luxe n'adhèrent à
aucune nation, puisque la simple progression
de l'âge, ou de bonnes lois, suffisent pour
les en guérir ou les en préserver. On peut
rapporter tous les vices d'une nation à ces
deux maladies des corps politiques ; et comme
il est très-important d'assigner, dans les maux

4.   16

du genre humain, les sources principales qui
les produisent, nous allons les déterminer
par leurs effets. Ainsi, considérant la guerre
comme le résultat de la barbarie de chaque
peuple, et son commerce comme celui de
son luxe, nous verrons ces deux thermomè-
tres politiques hausser ou baisser, suivant le
degrés de civilisation de chaque partie du
monde.

En Amérique, les guerres sont fréquentes
et très-cruelles parmi les Sauvages, comme
nous l'avons dit. Elles naissent de l'état de
faiblesse de ces petites nations, qui propor-
tionnent toujours leurs vengeances à leurs
craintes; mais ce que je n'ai pas encore dit,
c'est qu'elles y sont presque toutes allu-
mées par quelque fanatisme religieux. Le
premier homme qui égorgea un animal domestique pour sa subsistance, en dévoua les
entrailles aux dieux, pour expier cette espèce
de crime, en les associant à ses besoins. Voilà,
dit-on, l'origine des sacrifices. Mais celui qui
le premier tua son semblable, en offrit sans
doute le sang aux dieux infernaux, pour le
associer à sa vengeance : et voilà, selon moi,

l'origine de la férocité des guerres de l'Amérique. Les Sauvages n'entreprennent aucune
hostilité sans consulter leur manitou, et celui
d'entre eux qui le fait parler, ne manque jamais de promettre un heureux succès, pourvu
qu'on s'engage à fournir à la parure du manitou au moins quelques crânes ou mâchoires
des ennemis. Aussi ils traitent leurs prisonniers de guerre avec la plus horrible barbarie.
Ils leur arrachent la chevelure, ils les rôtis-
sent tout vifs, ils les mangent, et ils en atta-
chent les ossements à la cabane ou au sac qui
enferme le manitou. Les Mexicains et les
Péruviens, ces peuples naturellement si doux
et déjà avancés en civilisation, offraient chaque année à leurs dieux un grand nombre de
victimes humaines; ils faisaient même uniquement la guerre pour en avoir. Leurs prêtres s'écriaient de temps en temps qu'il fallait à manger aux dieux. Aussitôt les peuples
tremblants prenaient les armes, se jetaient
sur les peuples voisins, d'où ils amenaient
quantité de prisonniers, auxquels les prêtres
ouvraient la poitrine pour en tirer le cœur,
qu'ils offraient tout palpitant à leurs idoles;

l'empereur du Mexique s'était abstenu même
de faire la conquête de plusieurs nations de
son voisinage, uniquement afin d'avoir de
quoi fournir à ces affreux sacrifices. C'est
sans doute cette barbarie qui a attiré la vengeance divine sur ces peuples, dont le gouvernement ne subsiste plus ; car puisque Dieu
ne se propose que le bonheur du genre humain, la barbarie est sans doute le plus grand
des crimes à ses yeux. La guerre en Afrique
est aussi fort inhumaine, quoique beaucoup
moins qu'en Amérique, parce qu'elle n'est
pas mêlée de fanatisme. Les Nègres n'ont
ordinairement d'autre but que de faire du
butin et des esclaves : ainsi ils épargnent au
moins le sang des prisonniers. En Europe,
la guerre est aujourd'hui le simple effet de
la cupidité des peuples, et de l'ambition de
leurs princes. Quoiqu'elle y soit fréquente,
elle se propose souvent l'intérêt du commerce
ou des peuples. Elle a ses lois, qui en mo-
dèrent les fureurs. Il n'y a qu'une petite partie de chaque puissance belligérante qui
combat ; et comme l'argent est son premier
mobile, dès qu'il manque de part et d'autre,

a paix s'ensuit. Dans la plus grande partie de l'Asie, les guerres sont rares et peu meurtrières. La Loubère dit que le roi de Siam ordonnait à ses généraux de s'abstenir de tuer. Les Chinois, ainsi que les Indiens, ne sont pas belliqueux. Ces grandes nations n'emploient guère que les ruses de la politique pour résister à leurs ennemis. Les Turcs et les Persans sont plus guerriers ; mais ils sont à cet égard inférieurs aux Européens, dont la tactique est beaucoup plus parfaite. Cependant, quoique le luxe de l'Asie dût en adoucir les mœurs, comme les extrémités se touchent, le luxe y a introduit un autre genre de barbarie, c'est celui d'y faire des esclaves et des eunuques. Ces coutumes barbares sont déjà bien anciennes en Orient ; ce qui me porterait à croire qu'elles sont nées dans l'enfance de ces peuples. Quoi qu'il en soit, l'esclavage est incomparablement plus doux dans cette ancienne partie du monde que dans toutes les autres. Il n'est pas rare de voir des esclaves s'allier à leur maître, sur-tout s'ils en embrassent la religion. Ainsi, en considérant le mal que la guerre fait au genre humain,

16*

nous verrons qu'elle produit en Amérique
des victimes, en Afrique des esclaves, en
Europe des prisonniers, en Asie des serviteurs.

On peut voir par ces aperçus que la barbarie s'affaiblit à mesure que les nations
avancent en âge : nous allons voir maintenant le luxe augmenter dans les mêmes
rapports.

Le commerce, qui est le fruit du luxe, est
fort borné chez les Sauvages de l'Amérique.
Nous ne faisons aucun usage de leurs meubles, de leurs armes et de leurs étoffes : mais
comme ils vivent plus près que nous de la
nature, nous leur sommes redevables d'une
foule de biens naturels, qui l'emportent sur
les fruits de l'art et de l'industrie de toutes les
autres parties du monde. Ce sont eux qui
ont donné à nos colonies le manioc et la patate; à nos tables, les pêches inépuisables du
banc de Terre-Neuve; à nos potagers, la
pomme de terre; à nos délices, la vanille et
le chocolat; à nos soucis, le tabac; à nos
jardins, une multitude de végétaux utiles ou
agréables; à notre commerce et à nos manu-

factures, le coton, l'indigo, les pelleteries, l'écaille de tortue, la cochenille, etc. Nous leur devons encore le café et la canne à sucre, transplantés de l'Asie dans leurs terres, et dont les productions coûteraient beaucoup plus cher, s'il fallait les aller chercher dans les lieux de leur origine. Ils ne se donnent pas la peine de recueillir pour nous la plupart de ces richesses, mais ils nous en ont montré l'usage. Celui qui fait présent au genre humain d'une plante utile, lui rend plus de services que l'inventeur d'un art. Pendant combien de siècles serait tombée dans nos parcs la fève amère du cacao, sans que nous eussions imaginé de la torréfier, et de la combiner avec une substance sucrée pour en composer un aliment délicieux! Pendant combien de temps nos botanistes auraient-ils proscrit le tabac comme un poison dangereux, si les Sauvages de l'Amérique ne nous avaient enseigné que c'était un puissant remède contre le chagrin! Je compte pour rien, ou plutôt pour un grand mal, cette abondance prodigieuse d'or et d'argent que nous tirons de leurs montagnes. Elle a été la cause de la

destruction presque totale de ces peuples enfants, auxquels on ne pouvait reprocher d'autre crime que la religion de leurs tyrans ;
mais, par une juste réaction, ces mêmes
métaux sont aujourd'hui la cause de la plupart des guerres de l'Europe, et en entraî-
neront tôt ou tard la ruine.

Le commerce de l'Afrique annonce un peu
plus d'industrie de la part de ses habitants ;
elle n'a pas besoin de cultivateurs étrangers
pour recueillir ses productions. Nous tirons
de ses côtes septentrionales, subjuguées par
les Maures, des maroquins, des dattes, de
l'huile, de la cire et des blés en abondance.
Ses côtes occidentales, habitées par les Nègres, nous donnent un peu d'or, de l'ivoire,
et une foule d'esclaves que sa malheureuse
fécondité fournit à nos travaux de l'Amérique.

Le commerce de l'Europe s'étend, comme
les besoins de son luxe, jusqu'au bout du
monde. Il exporte fort peu d'objets naturels
et de productions de ses fabriques ; les peuples étrangers ne veulent guère que les fruits
de nos arts et de notre industrie. C'est avec

le l'eau-de-vie, de la poudre à canon, des fusils, des sabres, du fer, que nous commerçons principalement avec les Américains et les Africains. Les Asiatiques ne reçoivent de nous que de l'argent.

Quelque étendu que soit notre commerce, il n'égale pas à beaucoup près celui de l'Asie. Nous allons chez tous les peuples chercher les jouissances; mais tous les peuples viennent en acheter en Asie. Je ne parle pas du commerce de l'Inde, où tant de vaisseaux abordent, mais seulement de celui de la Chine. Cet antique empire, reculé dans la partie la plus orientale de notre continent, renferme le seul grand peuple chez lequel la plupart des autres peuples de la terre viennent commercer, et qui ne va tout au plus que chez ses voisins. Les Tartares, les peuples du Thibet, les Russes, les Coréens, les habitants de la Cochinchine, du Tunquin, de Siam, du Pégu, de l'Inde et de ses îles innombrables, de l'Arabie, de la Perse, de la Turquie asiatique, arrivent chez lui en flottes ou en longues caravanes. Ils font refluer ses productions, ses manufactures, son commerce

et ses usages dans toute l'Asie et jusqu'er
Afrique. Nos vaisseaux de l'Europe y abordent des extrémités de l'Occident. Il pourvoit même aux besoins et au luxe de l'Amérique, car les vaisseaux espagnols de Ma-
nille portent tous les ans au Pérou et au
Mexique des étoffes, des porcelaines et de
meubles de cette industrieuse partie du monde.
Un simple impôt mis, dans l'Amérique sep
tentrionale, sur une production végétale di
ce riche empire, a fait prendre les armes au
colonies anglaises, et les a séparées de leu
métropole ; et on peut dire que c'est un pe
de thé et le roseau qui renferme le sucre
qui ont causé une partie des guerres de l'Eu
rope.

En assignant un des âges de la vie à cha
que partie du monde, je n'ai pas voulu dir
que chaque peuple ne puisse passer par le
quatre périodes de la vie humaine ; nous sa
vons le contraire par notre expérience. Il y
loin du siècle des druides à celui de Louis xi
les vertus de chaque âge peuvent se natura
liser dans tous les pays. Si l'extrémité sep
tentrionale de l'Afrique est habitée par d

pirates, son extrémité méridionale, sous des latitudes à-peu-près semblables, est devenue sous les Hollandais l'asile du commerce. La puissance de l'Europe et la sagesse de l'Asie se transplanteront peut-être un jour par les Anglais dans l'Amérique septentrionale, et pourront y devenir le partage des Sauvages de l'Amérique ; mais au milieu de ces grandes révolutions, je pense que chaque peuple conservera toujours quelque chose de son caractère territorial. La vieillesse de l'aubépine n'est point celle du chêne, et cependant le buisson et l'arbre suivent également le cours des siècles. Ils ont chacun leurs oiseaux qui viennent se reposer sous leur feuillage, et l'embellir par leurs harmonies. La nature se plaît dans cette variété ; quelquefois même, lorsqu'un vieux arbre est renversé par les tempêtes, elle fait sortir de ses racines moussues un rejeton vigoureux qui lui redonne une nouvelle jeunesse. Peut-être un jour le temps, nos malheurs, quelque génie bienfaisant comme la nature, un Lycurgue, un Penn, un Fénelon, ramèneront l'Europe à l'heureuse simplicité des peuples américains, sans

rien diminuer de ses forces et de ses lu
mières.

Mais s'il est presque impossible à de grand
peuples de rétrograder vers l'âge de l'inno
cence ; si les feux de l'ambition et des cupi
dités une fois allumés ne peuvent plus s'é
teindre, tâchons au moins de tirer de ceu
qui nous consument une lumière qui éclai
nos vieux jours.

C'est dans l'Asie que nous trouverons d
empires dont le régime peut nous servir
modèle : tel est celui des Chinois qui a quat
mille sept cents ans d'antiquité. Ce peup
vieillard compte ses années par celles d
globe ; il est l'aîné de tous les peuples de
terre, qui viennent de toutes les régions l
rendre hommage. Pour nous, qui parcou
rons l'âge viril avec les vices de la jeunes
et les défauts de l'enfance, nous devons che
cher à raffermir la légèreté de notre consti
tution par les mêmes lois qui assurent
pondération de ce vénérable empire. La vie
lesse couronne la fin des nations ; et comm
elle prépare l'homme à une autre existenc
elle change aussi la nature d'un état, et

amène en quelque sorte à la simplicité des éléments. Ce n'est plus un fleuve qui va se perdre à la fin de son cours; c'est un océan qui engloutit tous les fleuves et les reproduit de ses émanations. Un état vieux et bien ordonné attire à lui et s'incorpore ses voisins, ses alliés, et ses conquérants même; la nature le réserve pour être la tête du genre humain, dont les autres peuples ne sont que les membres. Cet empire universel, dont le désir agite tour-à-tour les peuples de l'Europe, est offert par la nature à tous ceux du globe : il a été présenté successivement aux Assyriens, aux Scythes, aux Mèdes, aux Perses, aux Grecs, aux Romains, aux Tartares, aux Arabes, et il leur a été enlevé à tous; il n'est le prix ni de la force ni de la ruse, mais de la sagesse. Un Européen vantait à un Chinois la puissance de nos royaumes modernes, leur tactique, leur navigation, leurs conquêtes; il lui faisait l'éloge des peuples anciens de l'Europe, dont il n'avait jamais oui parler : des Athéniens, des Lacédémoniens, des Romains. « Sans doute, lui répondit le Chinois, ces peuples ont été puissants,

4.   17

» et vous l'êtes aussi ; mais vous passerez avec
» eux, et nous autres nous durons. »

On doit affermir la base du bonheur public
sur les saintes et éternelles lois de la nature.
C'est la nature qui, en donnant des griffes
aux animaux de rapine, avec l'instinct de la
férocité, a fait l'homme nu et lui a donné l'instinct de la bienfaisance, afin qu'il secourût
ses semblables par le sentiment de ses propres besoins. Elle a gravé dans son cœur cette
loi inaltérable : NE FAITES PAS A AUTRUI CE
QUE VOUS NE VOUDRIEZ PAS QU'ON VOUS FÎT.
C'est cette loi, que Confucius appelle la vertu
du cœur, qu'il recommande sans cesse dans
ses écrits, comme le principe de toute conduite particulière, et qui est la base des neuf
maximes de gouvernement qu'il a présentées
aux souverains de son pays. C'est elle qui,
en rendant, à la Chine, les récompenses et les
punitions personnelles à tous ses habitants
sans exception, les a rassemblés sous leur
monarque comme une famille sous un père,
et a rendu leur constitution inébranlable ;
c'est elle qui, malgré la corruption des mandarins, les guerres civiles, les invasions des

Tartares, a maintenu ce grand empire, comme le pivot d'un vieux chêne soutient son tronc caverneux contre les tempêtes du ciel et les débordements des eaux : loin d'en être abattu, il accroît ses forces de ce qui devrait le renverser; son vaste feuillage se nourrit d'orages, ses racines boivent l'inondation des fleuves.

C'est cette loi que l'Évangile nous recommande comme le second de nos devoirs; elle est pour chacun de nous l'extrémité de ce rayon dont la Divinité est le centre, et le genre humain la circonférence. C'est elle seule qui nous fait hommes, et qui nous rappelle à la nature dans quelque partie du monde que nous soyons nés; elle nous force d'abjurer, au moins intérieurement, les préjugés de familles, de corps, de nations, et nous défend d'être Turcs, Juifs, Brames, Africains, lorsque nous ne pouvons l'être sans cesser d'être hommes. Au milieu de tant d'opinions qui arment les nations les unes contre les autres, elle nous montre notre intérêt personnel dans celui du genre humain, et celui du genre humain dans notre intérêt person-

nel. Voulez-vous savoir si une maxime es
juste par rapport à autrui? appliquez-la à
vous-même; par rapport à vous-même? appliquez-la à autrui, et étendez-la à tous le
hommes : si elle ne convient pas à tous
elle ne convient à aucun. Enfin cette loi es
l'heureux instinct qui rapproche tous les peu
ples de la terre les uns des autres, et elle es
la seule règle invariable de ce qui est juste
bon, décent, honnête, vertueux et religieu
dans tous les temps et dans tous les pays d
monde.

LIVRE VII.

HARMONIES FRATERNELLES.

—

Nous avons présenté jusqu'ici les harmonies que les puissances de la nature ont les unes avec les autres, nous allons décrire maintenant celles que chacune d'elles a avec elle-même. Les premières sont simples, les secondes sont composées. Les premières nous ont offert l'organisation élémentaire des individus, les secondes nous donneront celle de leurs espèces et de leurs genres. Les premières composent les matériaux primitifs de l'édifice de la nature, et les secondes en forment l'assemblage. Les unes sont physiques, et les autres sont morales ou sociales. Ici va commencer un nouvel ordre de choses, dont

17*

le soleil est toujours le premier mobile : toutes les lois qui gouvernent la terre ont leur origine dans les cieux.

Considérons le soleil au lever de l'aurore, lorsqu'il passe de l'hémisphère inférieur dans le supérieur. D'abord il dilate l'air de notre horizon, et aussitôt un vent frais s'élève de l'orient pour le remplacer. La rosée de la nuit, suspendue dans les airs, tombe sur la terre ; les plantes se raniment, les oiseaux font entendre leurs premiers chants, l'homme commence le cercle de ses travaux et de ses jouissances. Chaque heure amène une harmonie nouvelle, et toutes ensemble, comme une troupe de sœurs de différents âges, qui se tiennent par la main, vont se réfugier sous le manteau constellé de la nuit.

Voyons maintenant le soleil, au lever de l'année, au matin de ce grand jour qui va éclairer et chauffer notre pôle pendant six mois.

Alors les phénomènes de notre horizon s'opèrent en grand sur notre hémisphère. D'abord toute son atmosphère est dilatée, et celle de l'hémisphère opposé s'efforce de pren-

dre sa place. Aussitôt des vents chauds et humides soufflent avec violence de la partie du
sud ; les glaces de notre pôle se fondent, s'é-
branlent et s'écroulent ; l'Océan, chargé de
leurs débris, prend son cours vers le midi,
et circule autour du globe ; les rosées et les
pluies du printemps, qui résultent d'une atmosphère tiède et vaporeuse, fertilisent les
terres ; les végétaux ranimés poussent tour-
à-tour leurs premiers feuillages ; les animaux,
joyeux, préparent de nouveaux nids ; l'homme
se livre aux travaux renaissants de l'agriculture, de la navigation et du commerce. Chaque jour apporte de la part de la nature de
nouveaux bienfaits, et tous ensemble, après
avoir entouré notre hémisphère d'une guir-
lande de fleurs et de fruits, vont se réfugier
dans le sein de l'hiver, comme les heures du
jour dans celui de la nuit.

Si une révolution d'heures amène les diverses harmonies du jour, et une révolution
de jours celles de l'année, une révolution
d'années amène à son tour celles de la vie.
Après un certain nombre de périodes du cours
annuel du soleil, les éléments eux-mêmes

subissent des crises qui varient leurs harmonies : les ouragans, les volcans, les tremblements de terre, donnent à l'atmosphère une autre température, à la mer des îles naissantes, et aux continents de nouveaux rivages. Des périodes de mois lunaires et d'années solaires déterminent, dans chaque végétal, l'âge de sa floraison ; dans chaque animal celui de sa puberté, et dans tous les harmonies de leur vie. L'homme, vers l'âge de sept ans, sort de sa première enfance ; il entre dans son aurore. Cette époque, comme celle de la naissance du jour et de l'année, est précédée d'une révolution : de nouvelles dents lui annoncent avec douleur qu'il a besoin de nouveaux aliments ; souvent son sang s'allume, et son corps se couvre d'ébullitions. Les petites-véroles, les rougeoles et les éruptions cutanées, sont les giboulées de son printemps. Une révolution morale accompagne la révolution physique : le premier feu des passions commence à échauffer son cœur et à éclairer son esprit ; l'amitié maternelle ne peut plus lui suffire ; il lui faut des égaux, des compagnons, des amis, de nouveaux plaisirs et de nouveaux travaux. Il entre ainsi dans la carrière humaine, dont il doit parcourir toutes les harmonies, jusqu'à ce que la mort, semblable à l'hiver et à la nuit, couvre ses jours, ses années et sa vie d'un voile funèbre.

Un cercle de vies humaines produit à son tour les harmonies des tribus, celui des tribus celles des nations, celui des nations celles du genre humain. Sans doute notre globe, avec tous ses habitants, a des relations avec les globes qui tournent autour du soleil; et l'astre du jour lui-même, avec sa sphère immense, n'a encore avec les astres innombrables, ordonnés dans l'infini et dans l'éternité, suivant des plans inconnus aux mortels.

Mais il suffit à ma faiblesse de m'occuper des puissances de la nature qui se manifestent sur la terre. Je les y ai présentées simples et en repos, je vais les montrer combinées et en action; je vais décrire leurs relations avec les harmonies des temps. Je ne prétends point, comme Phaéton, mener de front les chevaux du Soleil, mais, comme l'hirondelle, régler ma carrière fugitive sur celle de l'astre du jour. En volant terre à terre, je puis, comme lui, faire le tour du monde, et en étudier les lois d'où dépendent les destinées du genre humain.

Rappelons-nous d'abord une des lois fondamentales de la nature, celle de la consonnance. Nous avons vu que tout corps organisé était formé de deux moitiés semblables qui s'entr'aidaient : j'appelle cette consonnance harmonie fraternelle.

Cette loi se manifeste dans les astres, formés de deux moitiés semblables, puisqu'ils sont sphériques. Il y a plus, la sphère pouvant se diviser en une infinité de moitiés égales, par tous les points de sa circonférence, il en résulte qu'elle réunit en elle une infinité de consonnances, qu'elle renferme toutes les formes, et qu'elle en est la plus parfaite. En effet, toutes les courbes s'engendrent des différentes révolutions de son cercle ; toutes les formes angulaires, des combinaisons de ses cordes et de ses rayons : et ses parties diverses étant en équilibre autour d'un centre unique, elle seule est susceptible de tous les mouvements.

Cette consonnance, qui est sphérique dans les corps célestes, se trouve simple dans les corps organisés de la terre. Tout végétal et tout animal n'est formé que de deux moitiés semblables, dont les organes sont en nombre pair.

Je ne m'arrêterai pas à cette autre loi des contrastes, qui met dans les corps organisés deux moitiés en opposition, comme celle des consonnances en met deux en rapport. Nous avons vu que ces deux lois existaient dans le globe même de la terre, dont l'hémisphère oriental consonne avec l'occidental, et le septentrional contraste avec le boréal. Ce contraste regarde l'harmonie conjuguée ; je me bornerai ici à la consonnance qui établit l'harmonie fraternelle.

La nature, non contente d'avoir mis en consonnance tous les membres d'un corps organisé, afin qu'ils s'aidassent mutuellement, a mis les corps organisés eux-mêmes en harmonie fraternelle les uns avec les autres, afin de lier toutes les parties de son ouvrage. Ainsi, dans les cieux, l'astre du jour est en harmonie fraternelle avec celui

des nuits ; car l'un vient éclairer de sa lumière
l'hémisphère que l'autre abandonne. Cette
concordance avait fait imaginer aux anciens
que ces astres étaient frère et sœur, et ils le
désignaient sous les noms d'Apollon et de
Diane ; mais cette harmonie fraternelle es
encore plus marquée entre la lune et la terre
qui se réfléchissent mutuellement la lumièr
du soleil. Elle s'étend jusqu'aux satellites qu
entourent Jupiter, Saturne, Herschell, qu
s'éclairent et se réchauffent réciproquemen
des mêmes rayons paternels.

Cette consonnance règne sur la terre parm
les éléments. Les vents de l'orient et du nor
consonnent entre eux en froidure et en sé
cheresse, comme ceux de l'occident et d
midi en chaleur et en humidité. Quelque ir
régularité apparente qu'offre le globe à s
surface, il n'y a pas un seul lieu, soit a
milieu des mers ou au sein des terres, so
dans la zone torride ou dans les zones gla
ciales, qui n'ait à-la-fois des vents froids
chauds, secs et humides. Les sources se jo
gnent fraternellement dans la vallée, et l
collines qui la bordent, ont des angles re

trants et saillants en consonnance. Les eaux ont des reflets, et les terres des échos qui consonnent de genre à genre; et jamais un paysage n'est plus intéressant que quand le reflet du ruisseau répète la forme de la colline, et l'écho de la colline le murmure du ruisseau.

Les harmonies fraternelles qui groupent les végétaux, présentent des spectacles non moins admirables. Nous avons du plaisir à voir un arbre isolé, avec toutes ses harmonies élémentaires; mais nous en goûtons un plus grand et d'un autre genre, quand nous le voyons entrelacer ses rameaux avec un arbre de son espèce, et tous deux s'appuyer l'un l'autre contre les tempêtes. C'est l'harmonie fraternelle qui les unit; elle est la source du plaisir que nous éprouvons à la vue d'un bocage, ou d'une longue avenue, ou d'une lisière de gazon. J'ai déjà dit que la nature nous indique un moyen assuré de disposer chaque espèce de végétal dans l'ordre qui lui convient le mieux; c'est de le planter suivant l'harmonie fraternelle où ses semences sont rangées dans leurs capsules. Ainsi le chêne robuste, dont

4. 18

les glands naissent un à un ou deux à deux,
présente un port majestueux, soit qu'il soit
seul, soit qu'il soit groupé avec un autre
chêne; mais les sapins, les pins et les cèdres,
dont les pignons croissent rangés circulaire-
ment et en pyramide dans un cône, produisent un effet bien plus imposant lorsqu'ils
forment, dans le même ordre, un sombre
bocage au sommet d'une montagne, que lorsqu'ils y sont isolés et dispersés. Ainsi le vi-
gnoble plaît moins dans une plaine, que lorsque ses ceps sont rangés autour d'une colline, dans le même ordre que ses grains le
sont autour d'une grappe. Non-seulement
l'harmonie fraternelle groupe les individus,
mais les genres eux-mêmes : elle donne des
vrilles à la vigne pour s'attacher à l'orme, et
des griffes au lierre pour saisir le tronc des
chênes. Sans doute la variété des arbres d'une
forêt et celle des fleurs d'une prairie nous
donnent encore des sentiments de plaisir; ;
mais ils naissent d'harmonies d'un autre ordre, et je ne m'occupe ici que des sentiments
qui résultent de la disposition des végétaux de
la même espèce.

L'harmonie fraternelle se fait sentir encore avec plus de charmes dans les animaux, parce qu'ils y sont sensibles, et qu'ils pourvoient eux-mêmes à leurs besoins, plus nombreux que ceux des végétaux. La nature leur a donné d'abord deux organes, pour communiquer entre eux à de grandes distances : l'un est actif et l'autre est passif ; c'est la voix et l'ouïe. L'organe de la voix a son origine dans la poitrine, près du cœur, siége des passions ; et celui de l'ouïe a la sienne dans la tête, près du cerveau, siége de l'intelligence.

Je suis trop ignorant pour parler ici de la construction admirable de ces organes, et de leur variété merveilleuse dans les diverses espèces d'animaux : il me suffit d'observer qu'en général la portée des animaux est en raison inverse de leur faiblesse ; que toutes les sensations de la haine et de l'amour, de la joie et de la tristesse, de la crainte et de l'espérance, et toutes les passions, sont réparties entre eux à proportion de leurs besoins, et exprimées par des modulations innombrables. Cependant ces expressions sont si déterminées, que les animaux d'une autre espèce, et l'homme même, ne se méprennent pas à leur caractère, quoiqu'ils n'en pénètrent pas le sens. Quel grammairien pourra recueillir ces éléments invariables de la langue primitive de la nature? Il y trouverait sans doute tous les sons des langues humaines, et même des mots entiers articulés. Quel géomètre calculera les courbes orales qui expriment des sons si différents, et les courbes acoustiques qui les recueillent sans les confondre? Peut-être les oreilles des animaux ne reçoivent pas les mêmes bruits dans les mêmes proportions, non plus que leurs yeux ne reçoivent la lumière. L'aigle, au haut des airs, contemple le soleil, et découvre les plages lointaines avec des yeux qui ont la portée des télescopes; tandis que l'abeille, dans sa ruche obscure, travaille à ses alvéoles avec des yeux taillés en microscopes.

En général, les animaux carnivores ont l'ouverture des oreilles tournée en avant, pour éventer leur proie, et les frugivores les ont tournées en arrière et mobiles, pour entendre de tous côtés le bruit de leurs ennemis; mais la voix et l'ouïe ont été données à chaque espèce , pour vivre en société avec ses semblables. Les animaux qui n'ont point de voix, vivent solitaires : tels sont beaucoup d'insectes ; mais dans la saison des amours, ils se réunissent par des bourdonnements ou des bruits : le scarabée pulsateur fait entendre la nuit le tic-tac d'une montre, pour appeler sa femelle ; la mouche luisante allume sa brillante étincelle dans les ténèbres ; les poissons de l'Océan se communiquent entre eux par l'éclat de leurs écailles au sein des flots, et la nuit par les feux phosphoriques que leurs mouvements y font naître.

Au reste, si l'harmonie fraternelle nous charme, dans les végétaux, par les groupes qu'elle y forme, elle nous plaît encore davantage par ceux qu'elle établit entre les animaux : ils vivent dans l'ordre où ils sont nés ; le plan de leur vie est renfermé dans leurs berceaux. Les tourterelles volent deux à deux, et les perdreaux par compagnies, dans le même nombre que les œufs dont ils sont éclos ; les sangliers se rassemblent d'eux-mêmes par troupes, les chiens par meutes, les poissons vivipares par couples, les ovi-

pares par légions. On peut juger des mœurs
fraternelles des animaux par le nombre des
œufs de leurs nids et par les tétines de leurs
mères. Cette concordance s'étend jusqu'aux
insectes, et les abeilles ne vivent dans une
société si intime, que parce qu'elles naissent
d'une seule mère, et qu'elles sont élevées
dans la même ruche. Une série d'individus
nés ensemble forme leur famille, et une série
des mêmes familles voisines et contempo-
raines, compose une tribu dont tous les
membres s'entr'aident : telle est celle des
castors, telle est celle des pigeons sauvages
de l'Amérique, dont une partie s'occupe à
abattre avec les ailes les glands des chênes,
tandis que l'autre partie les recueille à terre.

Pendant que le matérialiste s'efforce de
ramener toutes les lois de la nature à une
attraction aveugle, l'animal réclame en faveur de l'harmonie fraternelle. Transporté
d'un climat dans un autre, en vain on lui
fait respirer le même air, en vain on lui présente les aliments de son enfance, il refuse
de s'approcher d'une table où il n'a plus de
frère pour convive. Ainsi le renne du Nord,

le lama du Pérou, la tourterelle d'Afrique, le castor, isolés dans les ménageries des rois, appellent en vain par de tristes gémissements les compagnons de leur enfance.

L'harmonie fraternelle est donc la première des harmonies sociales, puisqu'elle existe dans les cieux, les éléments, les végétaux et les animaux. Ainsi les lois harmoniques, qui assemblent les membres des corps organisés, et qui en groupent les individus, n'existent pas moins que les attractions, qui réunissent les parties des corps non organisés.

Nous avons déjà vu que l'homme était né pour la société, parce qu'il réunissait en lui seul les besoins de tous les animaux, et qu'il n'y pouvait pourvoir que par le secours de ses semblables; je trouve une nouvelle preuve de cette vérité dans la construction de sa voix et de son ouïe. Sa voix peut imiter toutes celles des animaux; et ses oreilles, placées aux deux côtés de la tête et formées des courbes acoustiques les plus ingénieuses, peuvent recueillir tous les sons qui s'élèvent dans la circonférence de son horizon. Ces organes sont faits avec un tel art, qu'ils communi-

quent et recueillent toutes les affections du
cœur et tous les raisonnements de l'intelligence, tandis que ceux des animaux ne peuvent exprimer et recevoir que les premiers
cris des passions et de simples aperçus. De
quoi servirait à l'homme un organe si parfait
et si étendu, s'il était né pour errer seul dans
les forêts ?

Il a en effet besoin des services de ses
semblables, depuis la naissance jusqu'au tombeau ; et d'un pôle à l'autre, il n'y a pas un
seul homme qui ne corresponde avec toutes
les parties de l'univers. Les épiceries, les
teintures, les toiles de l'Asie, le café, le
sucre, le coton, les pelleteries, l'or et l'argent de l'Amérique, l'ivoire et les nègres de
l'Afrique, servent aux besoins des peuples de
l'Europe ; et le fer, le vin, les corderies, le
papier, les armes à feu, et toutes les productions de l'industrie de l'Europe, se répandent
jusque chez les Sauvages des contrées les plus
reculées du monde.

Cette correspondance de jouissances physiques a existé plus ou moins dans tous les
temps, mais celle des jouissances morales

est encore plus étendue. Les usages, les lois, les opinions, les traditions politiques et religieuses, non-seulement se communiquent par toute la terre, mais lient les peuples passés et futurs. Le globe, considéré avec le genre humain, est comme le disque de la marguerite, dont chaque fleuron est au centre d'un cercle et à la circonférence de plusieurs : le premier anneau de cette chaîne sociale est, sans contredit, l'harmonie fraternelle.

Mais si l'homme est pour l'homme la source de tous les biens, il est aussi celle de tous ses maux ; c'est pour lui en épargner un grand nombre, que nous avons cherché d'abord à le bien ordonner avec lui-même. Nous avons tracé à-la-fois ses harmonies physiques avec la nature, et ses harmonies morales avec son Auteur. Nous avons mis toutes ses parties en équilibre, afin que sa fragile nacelle pût, sans se renverser, traverser l'océan de la vie ; il faut qu'elle y vogue seule avant de naviguer en flotte ; il faut qu'elle se mette en garde contre les vaisseaux, qui sont souvent les uns pour les autres les plus dangereux écueils. Si les tempêtes s'élèvent, si la nuit étend son voile

sombre sur les flots, il faut que l'ame de
l'homme se tourne vers la Divinité, comme la
boussole vers le nord, et qu'elle lui indique
sa route, malgré l'absence du soleil. Quand il
perdrait dans la société humaine les traces
de cette Providence qui se manifeste dans
toute la nature, il en retrouverait le sentiment dans son propre cœur : il suffit qu'il ait
aimé une fois.

Il faut donc, avant tout, qu'un enfant soit
bien ordonné avec lui-même, afin qu'il puisse
y rentrer avec plaisir. Il peut naître de parents durs, et être livré à des maîtres en-
nuyeux ou barbares; ira-t-il chercher des
guides parmi des gens qui lui ont fait haïr
l'instruction? Il vient même un temps où ce
qu'il y a de plus aimable et de plus sacré
parmi les hommes vient à périr, amitié, réputation, patrie, religion : que devient alors
celui qui a dirigé sa vie sur ces imposantes
perspectives? Les sophismes de la métaphysique n'ont-ils pas couvert la Divinité de
nuages, que la raison peut seule dissiper?
L'esprit a matérialisé l'esprit. C'est pour
échapper à toutes les illusions humaines, que

nous n'avons voulu appuyer la morale que sur la nature, qui ne périt jamais, et sur notre propre cœur, qui la cherche toujours : accoutumons donc l'enfant à y rentrer comme dans un asile assuré. Quand le soleil s'éloigne de notre hémisphère, les êtres sensibles se retirent dans des antres, et respirent au moyen du feu que l'astre du jour a renfermé dans leurs veines ; l'homme se réchauffe alors de sa propre chaleur : il en est de même de la réflexion par rapport à l'ame. L'ame s'en enveloppe, pour ainsi dire, dans tous les accidents de la vie ; et Socrate, dans la solitude, offre un exemple frappant de la puissance de la réflexion : son ame trouvait en elle-même des consolations que lui eût refusées la société.

Il faut donc que l'enfant se conserve dans toute sa pureté originelle ; il faut qu'on l'habitue chaque jour à nettoyer son ame de toute ordure étrangère, comme on l'accoutume à laver et à soigner son corps. Que tous les matins, après l'avoir élevée vers le ciel, ainsi que ses yeux vers la lumière, il lui propose quelque action vertueuse pour le jour, et que le soir il examine s'il ne l'a point souillée par

quelque passion honteuse qui en trouble le
repos pendant la nuit ; qu'il n'y nourrisse ni
haine, ni vengeance, ni jalousie, ni cupidité ;
qu'il soit bien convaincu que l'intérieur de
son ame est à découvert, malgré les ténèbres ; et que comme il n'y a point de lieu
dans la nature qui ne soit sans quelque ouvrage de la Divinité, il n'y en a point qui
soit sans témoin.

Après avoir bien préparé son ame, il doit
la nourrir et l'exercer avec autant de soin
que son corps : de bons livres, et encore
mieux la nature, lui offriront de toutes parts
de quoi l'alimenter. L'esprit est le flambeau
du cœur, c'est un feu qui tourne tout en sa
substance : qui ne l'alimente pas l'éteint ; il
brûle, mais sans éclat et sans chaleur : ne
pouvant s'étendre au dehors, il se reploie
sur lui-même et enflamme les passions. D'un
autre côté, le cœur qui les renferme, ne se
conduit que par les lumières de l'esprit, siége
de la raison. C'est elle qui le dirige avec tou
ses instincts naissants vers les devoirs de l
société, mais auparavant il faut qu'il puiss
y rentrer comme dans un lieu de repos e

bien en ordre ; car comment s'ordonnera-t-il à l'égard des autres, s'il est mal ordonné en lui-même ?

Ce retour sur soi lui est d'autant plus né-cessaire, qu'il ne peut sans lui remplir les devoirs de la morale, dont la première maxime est de *faire à autrui ce que nous voudrions qu'on nous fît*. Comment saura-t-il donc ce qu'il convient de faire à l'égard de soi et des autres, s'il ne rentre d'abord en lui-même, et s'il ne se met ensuite à leur place ? Cette double réflexion ne demande aucun effort ; elle est naturelle à l'homme : son ambition rapporte tout à lui, et le met sans cesse à la place des gens heureux ; mais les devoirs de la morale l'obligent encore plus souvent de se mettre à la place des malheu-reux. Les passions ramènent tout à notre in-térêt, et la vertu à celui d'autrui ; elle seule est équitable, car elle s'étend à tous les hom-mes, qui sont tous nécessaires les uns aux autres : sans ce retour perpétuel sur nous-mêmes et sur autrui, nous ne pouvons être justes envers nos semblables. S'agit-il d'ap-prouver ou de condamner quelqu'un ? Si vous

4. 19

le jugez d'après votre seule position, vous le jugerez injustement. La vie est une grande montagne, sur laquelle les différents âges nous placent successivement à différents étages, d'abord à la montée, puis au sommet, enfin à la descente; ensuite les sexes, les tempéraments, la fortune, la santé, l'éducation, les climats, en varient les sites à l'infini : si nous ne la considérons que du point où nous sommes, nous n'en connaîtrons qu'un petit coin. Si les vieillards ont plus d'expérience que les jeunes gens, c'est parce qu'ils ont parcouru une plus grande zone : nous nous tromperons donc si, sans sortir de notre place, nous voulons juger ceux que nous apercevons au loin; nous blâmerons ceux qui vont nus au Midi, parce que nous nous couvrons de fourrures au Nord.

Ce flux et reflux de la raison est naturel à l'homme, comme je l'ai dit; il le distingue des animaux. L'animal se règle sur son instinct, et l'homme sur l'exemple de son semblable; l'homme imite la nature, et l'enfant imite l'homme : voilà pourquoi l'exemple lui sert beaucoup plus que le précepte. Pour conserver à un enfant l'égalité d'humeur et la rectitude de jugement, si nécessaires aux devoirs de la morale et à son propre bonheur, il ne faut l'appliquer à aucune étude qui puisse étouffer sa sensibilité ou l'exalter : il faut donc rejeter à-la-fois des écoles les sciences abstraites et les arts de l'imagination. Les grammaires, par où commençaient jadis les premières études, sont, comme je l'ai déjà dit, la métaphysique des langues ; elles ne les ont pas précédées, elles les ont suivies, elles en sont les résultats. Il suffit donc à un enfant d'apprendre sa langue maternelle par l'usage, et la lecture des bons écrivains ; il en étudiera les règles quand son jugement sera formé : en attendant, il fera de la prose, comme M. Jourdain, sans le savoir. Il en est de même de la géométrie. Elle perfectionne, dit-on, le jugement de l'homme ; j'en conviens ; mais elle opprime celui d'un enfant : c'est un tuteur qui étouffe sa plante. Parmi les enfants qui s'y sont rendus célèbres, ainsi que dans les sciences abstraites, fort peu ont vécu, et ils ont passé des jours tristes et malheureux.

Pascal résout à douze ans le problème de
la roulette : il passe sa vie à juger le genre
humain, à rejeter les services de sa propre
sœur, et il meurt épuisé à quarante ans,
croyant toujours voir un abîme à ses côtés.
La géométrie transcendante et la métaphysique affaissèrent les ressorts de son jugement
dans l'âge viril, pour les avoir trop tendus
dans l'enfance. La géométrie a cependant des
notions qui sont à la portée du premier âge,
parce qu'elles parlent aux sens : telles sont
celles des lignes, des angles, du cercle, du
carré ; mais leurs propriétés abstraites doivent
être l'étude du philosophe, et non celle de
l'enfant. Il suffit de lui montrer de loin les
études sérieuses, pour en faire naître un jour
le goût. Si je voulais lui donner une idée des
éléments de géométrie et des lois du mouvement, je n'emploierais d'autre table que celle
d'un billard, ou plutôt un jeu de boules ou
de quilles, afin que l'exercice du corps se
trouvât joint à celui de l'ame. Nous voulons
renfermer toutes les théories dans le premier âge, mais la nature n'agit pas ainsi :
elle revêt ses premières leçons de formes

gracieuses ; elle nous mène pas à pas, nous repoussant par la peine, et nous invitant par le plaisir. Elle nous montre les feuilles avant les fleurs, les fleurs avant les fruits. Les plus riants tableaux cachent les plus brillants phénomènes, et elle nous invite à son étude par le charme de sa contemplation.

Si les sciences abstraites absorbent l'imagination d'un enfant, les arts d'imagination exaltent trop son jugement : telles sont entre autres la musique, la peinture, la poésie ; c'est la chaux mise au pied d'une jeune plante ; elle la fait fleurir de bonne heure, mais elle la mine et la fait périr. Il est remarquable que les enfants appliqués aux sciences abstraites ou aux arts d'imagination, sont plus violents et plus colères que ceux qui sont occupés à des arts mécaniques : la raison en est que les ressorts de leur ame ont été, ou trop comprimés, ou trop dilatés. Il en est de même de ceux de leur corps, long-temps contraints dans des attitudes semblables ; leur physique est affaissé comme leur moral. L'étude des lettres, si agréable, fatigue et épuise si elle nous tient long-temps dans la même situation.

19*

On connaît l'irritabilité des gens de lettres, et sur-tout des philosophes ; les poëtes y sont plus sujets que les autres, parce que leurs travaux leur coûtent davantage. Je crois que si Socrate conserva son admirable égalité d'humeur, inconnue à Platon et à Aristote ses disciples, c'est peut-être parce que, malgré ses vastes connaissances, il n'écrivit aucun ouvrage. Peut-être aussi c'est parce qu'il apprit, dans son enfance, le métier de sculpteur, qui est, à mon avis, un long apprentissage de patience. Au reste, je crois qu'on peut démontrer l'influence des sciences abstraites et des arts de l'imagination, par les caractères nationaux. Je pense que si les Anglais sont en général mélancoliques, c'est qu'on les applique de trop bonne heure au latin, au grec et aux mathématiques, dont ils font des études plus approfondies que nous; et que si, au contraire, les Français et les Italiens sont d'une légèreté de caractère qui va quelquefois jusqu'à la folie, ils le doivent à l'étude des arts d'imagination, où ils excellent. La chaleur du climat n'y fait rien, quoi qu'en ait dit Montesquieu;

comme je l'ai démontré ailleurs par la gravité des Musulmans et la pétulance des Grecs, nés dans le même pays.

Au reste, les caractères vifs ou lents, gais ou sérieux, se trouvent souvent disséminés dans la même ville, de frère à frère, et sont également utiles à la société. Ne nous occupons donc que du soin de développer en eux l'amour de la Divinité et de l'humanité, afin de leur donner un centre commun. Avec ces deux vertus, ils peuvent se passer de tous les talents, et tous les talents sont dangereux sans ces deux vertus : que dis-je ! sans elles il n'y a point de véritables talents. Nous avons déjà observé que les athées n'avaient jamais fait aucune découverte, parce qu'ils n'aperçoivent aucune intelligence hors d'eux-mêmes dans la nature. Nous pouvons ajouter qu'ils n'ont jamais aimé les hommes. Ils ne les ont servis que par ambition ; et comment auraient-ils réprimé cette passion si dangereuse, lorsqu'ils ne voient rien au-dessus d'eux dans l'univers ?

Le premier sentiment qu'on doit donc développer dans un enfant est celui de la Di-

vinité, afin qu'il puisse s'y réfugier en tout
temps, comme dans un port inaccessible
aux tempêtes. Par lui il aimera la vie, et il
aimera la mort. La terre la plus aride lui pa-
raîtra un séjour enchanté, et le ciel, avec
ses brillantes constellations, le port où il doit
terminer sa course.

Comme mon premier but est d'apprendre
à un enfant à se suffire à lui-même, et de le
rendre indépendant des préjugés variables de
la société, je voudrais d'abord établir sa première harmonie fraternelle entre lui et les
grands hommes qui ont existé. Je désirerais
donc que quelque écrivain sensible fît un re-
cueil d'histoires des hommes vertueux qui
ont le mieux mérité du genre humain; leurs
exemples influeraient plus sur un enfant que
les préceptes. Ils seraient pour lui des étoiles
fixes avec lesquelles son ame s'aimanterait;
en l'élevant vers le ciel, ils la rapprocheraient
de la Divinité. Il y trouverait des objets de
consolation dans ses infortunes; il y verrait
que les hommes les plus justement célèbres
ont souvent été les plus malheureux dans leur
enfance. Pour moi, venant à considérer leur

vie, je trouve qu'ils ont dû principalement à leurs adversités l'amour d'un Dieu consolateur, amour qui les a illustrés. Ils ont eu un sentiment exquis des droits de l'homme, parce qu'ils ont été violés à leur égard, et de l'existence de la Divinité, parce qu'ils n'ont trouvé qu'en elle un refuge. Les Grecs avaient bien senti cette vérité, lorsqu'ils représentèrent Hercule, fils de Jupiter, persécuté dès le berceau par Junon ; mais, sans recourir à la fable ou à l'allégorie, nous trouverons dans l'histoire de toutes les nations, que la plupart des hommes célèbres par leurs vertus ont été malheureux dans leur enfance. Nous comprenons dans les malheurs de cet âge les éducations tristes, les infirmités, l'indigence, les préjugés, les persécutions des parents, la dureté des maîtres ; nous en avons pour preuves Socrate, Amyot, Jean-Jacques, et beaucoup d'autres. Peut-être en trouverions-nous encore davantage parmi les hommes qui ont mené une vie obscure et heureuse ; car le malheur est l'apprentissage du bonheur, comme celui de la vertu. Ce ne seraient pas les moins importants à proposer, car la na-

ture appelle tous les hommes au bonheur, et
très-peu à la gloire. Je voudrais donc qu'un
enfant choisît un patron parmi ceux d'entre
eux avec lesquels il se trouverait le plus de
convenances, et qu'il en ajoutât le surnom au
nom de sa famille. Ce genre d'adoption a
existé chez les Romains ; il subsiste encore
d'une manière plus touchante chez la plupart
des peuples que nous appelons sauvages. Deux
amis y échangent mutuellement leurs noms,
et croient, pour ainsi dire, échanger leurs
ames. Un enfant adoptant de son choix le
nom d'un homme vertueux, y modèlera à la
longue son caractère. Il serait cependant bon
de lui faire observer que cette ressemblance
ne peut exister de tous points. On peut bien
se diriger vers les mêmes vertus, mais non
par les mêmes routes : nous avons tous besoin
de la patience de Socrate, mais nous ne pouvons tous nous y exercer par une Xantippe.
Au surplus, l'imitation d'un homme vertueux,
dont la vénération, comme celle d'un monu-
ment, s'accroît par celle des siècles, est un
grand rempart contre le vice : c'est une union
avec le ciel.

Un des plus précieux avantages qu'un enfant trouverait dans la vie des hommes vertueux, c'est la haine du mensonge : on sait qu'un des points principaux de l'éducation des anciens Perses, était d'apprendre aux enfants à dire la vérité. J'ai cru long-temps que cette éducation consistait à leur enseigner à ne jamais mentir, c'est-à-dire à être toujours francs ; mais j'ai éprouvé, par une longue expérience, que cette franchise ferait beaucoup de mal dans le monde, qu'elle attirerait à celui qui en serait doué une foule d'ennemis, et qu'elle le rendrait très-malheureux, sans qu'il contribuât en rien au bonheur de ses semblables. La vérité d'abord est fort difficile à connaître, et il y a très-peu d'hommes qui veuillent l'entendre. Un bourgeois, un paysan, sont tout aussi despotiques dans leurs opinions que des sultans. La plupart des querelles de la société ne naissent, pour l'ordinaire, que parmi les gens qui se disent des vérités : *Veritas odium parit, obsequium amicos,* dit le sage Térence ; la vérité engendre la haine et les inimitiés. Les querelles de religion et de politique, qui font verser

tant de sang par des gens de bonne foi, naissent souvent de l'amour même pour la vérité,
combiné au fond avec l'ambition personnelle :
tout fanatique ne se passionne que par l'espoir d'une grande gloire. Il fallait donc que
les Perses entendissent enseigner à leurs enfants autre chose que la franchise, qui les eût
mis en guerre perpétuelle les uns avec les
autres. Ce n'eût point été une science à leur
apprendre, car ils y sont naturellement portés. D'ailleurs la franchise n'est pas une
vertu, mais une simple qualité, qui résulte
souvent de la faiblesse et de l'inexpérience
de notre esprit, qui ne peut rien garder de
secret ; et plus souvent encore de notre orgueil, qui nous inspire une haute opinion
de nous-mêmes, et un profond mépris pour
les autres.

Pour dire la vérité, il faut d'abord la connaître, et cette science est très-difficile.
L'erreur parcourt la terre, met ses pavillons
aux sommets des hautes montagnes, tandis
que l'humble vérité se cache et se retire au
fond des puits. Voyez seulement les religions ;
ce sont les pivots sur lesquels roulent toutes

les sociétés humaines. Nous en connaissons
au moins cinq cents, qui diffèrent toutes
entre elles; chacune d'elles assure avoir
trouvé seule la vérité, et accuse toutes les
autres de mensonge. Il en faut excepter les
sages Indiens, qui disent que Dieu a fait
douze portes au ciel, par chacune desquelles
il appelle à lui les différentes nations; cependant aucun d'eux ne voudrait y entrer par
une autre porte que par celle où ont passé ses
pères. Mais vous êtes bien plus inconséquents
si vous croyez qu'il n'y en ait point d'autre
que celle par laquelle vous êtes entré dans
la vie, car vous voilà en état de guerre avec
la plupart du genre humain. Que devient
alors l'harmonie fraternelle, cette loi fonda-
mentale de la nature?

Qu'est-ce donc que cette vérité que nous
sommes si avides de connaître, et qui nous
échappe si aisément? C'est une harmonie de
notre intelligence avec la Divinité; c'est le
sentiment des convenances qu'elle a établies
dans tous ses ouvrages; c'est la vie de notre
âme. La nature nous oblige à sa recherche
comme à celle des aliments, sous peine d'in-

4.   20

quiétude, de langueur, de léthargie et de
mort. La vérité est un rayon de la Divinité
elle est à notre ame ce que les rayons du so
leil sont à notre corps : elle l'éclaire, elle la
réjouit, elle l'anime. Si, comme l'a défini
sublimement Platon, la lumière du soleil
n'est que l'ombre de Dieu, la vérité est son
corps ; elle se présente à notre entendemen
comme la lumière du soleil à nos yeux, e
se décomposant en mille couleurs et reflets
qui nous ravissent dans les ouvrages de la
nature; mais elle nous éblouit si nous vou
lons la saisir elle-même dans son essence
Cependant elle se combine avec les écrit
des sages et les actions des hommes vertueux
mais, comme le feu du soleil parmi les pro
ductions de la terre, elle n'y brille que d'un
éclat emprunté. Ce n'est qu'une lampe téné
breuse qui luit en l'absence du soleil, e
sujette à être éteinte par les vents orageux

Comme la vérité ne nous vient d'abord
que par le moyen des hommes, sujets à l'er
reur, à quels caractères la reconnaîtrons
nous ? A ceux mêmes de la vertu, par se
convenances universelles. Ainsi, par exem

elle, la théorie qui établit le soleil au centre de l'univers a un grand caractère de vérité, parce qu'il convenait que le soleil, dispensateur de la lumière et de la chaleur, fût au centre des planètes, auxquelles il les distribue. Il était donc convenable que la terre tournât sur elle-même et autour du soleil, ainsi que les autres corps planétaires. Cette vérité, si opposée en apparence au témoignage de nos yeux, ne nous est parvenue elle-même que par des communications universelles avec le genre humain. Comme notre blé, nos arbres fruitiers, nos arts, qui nous sont venus d'Asie, d'Afrique, d'Amérique, elle a été d'abord découverte par quelques philosophes pythagoriciens, qui étaient de grands voyageurs; ensuite elle s'est éclipsée, et n'a brillé en Europe que lorsque le commerce de cette partie du monde s'est répandu par toute la terre, après la découverte de l'Amérique, occasionée à son tour par celle de la boussole, trouvée quelques siècles auparavant; car l'universalité du genre humain s'étend non-seulement au présent, mais au passé et à l'avenir.

Il en a été de l'unité de Dieu comme de celle du soleil, mobile unique des planètes. Tous les peuples avaient leur dieu particulier, et ce n'est qu'en communiquant les uns avec les autres, qu'ils ont commencé à reconnaître un Dieu universel. Ce n'est pas que chaque homme n'en eût le sentiment en lui-même, mais son amour-propre le portait à croire que le Dieu de la nature ne s'occupait que de son pays, et même que de sa seule personne. Cependant il y a des hommes, et en bon nombre, auxquels il serait dangereux de dire ces vérités, si elles étaient contraires à leurs intérêts.

Les convenances et l'assentiment du genre humain étant les caractères principaux de la vérité, il faut y rapporter la foi que nous devons à ceux qui nous la transmettent. L'autorité d'un écrivain doit être proportionnée à sa vertu. Je n'entends pas par vertu ce qui est réputé tel par son parti, sa nation ou sa communion ; mais ce qui l'est en Asie comme en Europe, et ce qui l'aurait été il y a deux mille ans comme à présent : car la vertu est non-seulement universelle, mais éternelle, puisqu'elle est une émanation de la Divinité.

La vérité étant donc le fruit de nos recherches, est un bien qui nous appartient ; c'est le cœur de notre ame, et l'homme ne doit pas plus la communiquer aux tyrans, que sa lampe au souffle des vents, sa bourse aux voleurs, et sa femme à un ami.

Cependant il ne faut pas croire que nous parvenions jamais sur la terre au foyer de la vérité ; nous devons nous estimer bien heureux quand nous voyons luire quelqu'un de ses rayons ; ils semblent se propager parmi les hommes, à mesure qu'ils se communiquent, et à proportion de leurs vertus. Nous avons vu ailleurs les découvertes qu'avaient faites les pythagoriciens, les plus sages des Grecs. La connaissance de la vérité va toujours en croissant ; car un autre de ses caractères est l'infini, comme l'universalité et l'éternité.

————

DE L'AMITIÉ.

L'amitié est une harmonie entre deux êtres qui ont les mêmes besoins. Ainsi elle est plus commune chez les faibles que chez les puissants ; elle est plus grande d'un enfant à un enfant, que d'un enfant à un vieillard ; elle est plus forte dans l'âge des passions que dans le premier âge ; elle est plus constante dans l'âge viril que dans l'adolescence et la jeunesse, parce qu'à la perspective des services à rendre, se joint le souvenir des services rendus, et que les sentiments de la nature se fortifient par leurs habitudes.

La satisfaction des mêmes besoins engendre l'amitié, car leur seul appétit produit l'inimitié. Les haines qui existent entre les hommes, et même entre les animaux, ne naissent que de la concurrence des mêmes passions vers un objet qui ne peut se partager. Voilà pourquoi l'amour engendre des jalousies, et la guerre des amitiés : l'amant n'a pas besoin de compagnons pour se reproduire, et il en faut aux guerriers pour détruire.

L'amitié naît d'abord des besoins physiques, et elle peut subsister assez long-temps par les simples relations de plaisirs, de goûts, d'exercices, d'intérêts. Elle s'étend ensuite aux besoins intellectuels, et s'augmente par les lumières, et les études des mêmes arts et des mêmes sciences; enfin elle devient vertu, parce qu'elle demande des sacrifices, de la reconnaissance et de l'indulgence, et qu'elle n'est constante et sublime que quand elle s'appuie sur les sentiments de la Divinité et de l'humanité, qui ne varient jamais.

Les livres de morale profitent à l'amitié, mais font tort aux amis. Il est si commode de trouver dans sa bibliothèque un ami sensible, éclairé, discret, toujours disposé à nous parler, et d'humeur toujours égale, que cela fait négliger les amis du dehors. Les grands écrivains dérobent nos ames à la société. Platon voulait qu'on bannît Homère de sa république après l'avoir couronné; je voudrais plutôt qu'on adoptât tous les bons ou-

vrages de morale, mais qu'on ne couronnât
que les bons amis.

J'ai vu en général des amis plus constants
et en plus grand nombre parmi les gens qui
lisent peu, que parmi ceux qui lisent beaucoup; il est même rare de voir des gens de
lettres faire du bien à leurs collègues. La plupart des Mécènes ont été des hommes peu
instruits, témoin Auguste et Louis XIV. Il se
glisse souvent parmi les gens de lettres des
jalousies qui les disposent à la malveillance.
Aristote, Platon et Xénophon furent ennemis
les uns des autres, quoique disciples de l'é-
cole de Socrate.

Les inimitiés de collége sont les plus durables
et les plus envenimées : nous en avons une
foule de preuves dans les querelles des théo-
logiens. Richelieu, devenu cardinal et mi-
nistre, fit brûler vif, comme sorcier, Urbain
Grandier, pour lui avoir disputé une thèse
dans sa licence de Sorbonne.

A la vérité, les gens illettrés haïssent moins
violemment, mais les lettrés savent mieux
aimer. Les ignorants ont des appétits plus robustes, et les savants en ont de plus délicats.

Comme les véritables amitiés résident dans la vertu, il est certain qu'il n'y a point d'amitié comparable à celle d'un homme de lettres vertueux.

L'amitié couvre la vie du plus doux ombrage. Elle ressemble à ces arbres toujours verts qui portent à-la-fois des fleurs et des fruits. Est-il une amitié plus touchante que celle de Cicéron pour Lélius, de Virgile pour Gallus et Pollion, de Plutarque pour Sénécion, de Tacite pour son beau-père Agricola? Mais ces amitiés consulaires sont trop sujettes aux orages : les plus obscures sont les plus heureuses. Les plus fortes se rencontrent souvent dans les états qui éprouvent le plus de dangers, sans doute comme une compensation. J'ai remarqué que les soldats et les gens de mer sont plus sensibles à l'amitié que la plupart des autres classes de la société; ils s'engagent et se dégagent sur la foi les uns des autres. Les périls qu'ils courent ensemble resserrent leur affection. Il semble aussi que l'amitié s'accroisse par l'éloignement des lieux et des temps : on se souvient avec plus d'intérêt de ses amis en Amérique,

qu'en Europe; de ceux de son enfance, que
de ses contemporains ; et des morts que des
vivants. L'ame s'étend avec les distances, et
franchit les limites même du tombeau sur les
ailes de l'amitié. Je me rappelle encore avec
intérêt une inscription que j'avais écrite, dans
ma chambre, au-dessous d'un petit vase de
plâtre, comme un souvenir des amitiés de
mon enfance. Quelque médiocre qu'elle soit,
je vais la rapporter, à cause des sentiments
touchants qu'elle renferme :

D.   M.

Aux objets doux et innocents que j'ai aimés,
et qui ne sont plus,
j'ai élevé ce petit vase d'argile,
simple comme leur beauté et fragile comme leur vie.
O ombres heureuses !
reposez-vous sur cette coupe blanche
où vous auriez aimé à boire avec moi
l'eau des fontaines et le lait des brebis :
les dons de la fortune sont méprisables,
mais les présents du cœur plaisent toujours aux habitants du ciel.

Ce petit vase faisait pendant à un autre,
dédié à la mémoire de Jean-Jacques et de Fénelon, et dont j'ai rapporté l'inscription dans
mes Études de la Nature.

Les ressouvenirs de l'innocence sont aussi touchants que ceux de la vertu.

Je ne sais si le livre de Cicéron sur l'amitié a fait de grands amis ; mais la bande sacrée des jeunes Thébains, formée par Pélopidas, en renfermait un bon nombre, qui, après avoir vécu dans la plus parfaite union, périrent tous ensemble le visage tourné vers l'ennemi. Les grandes chambrées des jeunes Lacédémoniens, composées par Lycurgue d'amants et d'aimés, n'étaient que des écoles de l'amitié : on leur donnait le nom de frères. Leurs premiers dieux étaient les jumeaux célestes Castor et Pollux, et ils en chantaient l'hymne en allant au combat. Ainsi, les harmonies de l'amitié furent les premières assises de la république de Lycurgue, comme les pierres d'un édifice, posées deux à deux par points alternatifs, en affermissent toute la masse.

Il serait impossible d'élever les enfants d'une nation aussi étendue que la nôtre à la manière des Spartiates, dont les esclaves exerçaient tous les métiers, et même l'agriculture. Les Spartiates étaient des espèces de moines mi-

litaires, qui avaient pour frères lais les Ilotes.
Je désirerais que deux élèves pussent s'adop-
ter mutuellement comme amis, et eussent
plusieurs propriétés en commun, comme les
vocabulaires, les papiers et les livres. Ils seraient tenus de donner publiquement des
raisons de leur choix, qui devrait être fondé
sur la vertu ; la formule en serait conçue ainsi :
« A cause de tel acte louable qui est parvenu
» à ma connaissance, je voue à un tel une
» amitié fraternelle, et je le prie de m'en ac-
» corder une semblable. » Ils apprendraient
ainsi à connaître les devoirs et le but de l'a-
mitié : les plus vertueux seraient les plus re-
cherchés. Il résulterait de ces adoptions réci-
proques et publiques le goût de la vertu, l'habitude des secours mutuels, et la constance
dans les liaisons. Je voudrais aussi qu'on lût
souvent aux jeunes gens des traits célèbres
d'amitié, tirés des anciens, comme celui de
Nisus et d'Euryale, si admirablement décrit
dans Virgile. Oreste et Pylade sont plus célèbres dans l'histoire et sur les théâtres; mais
les vertus criminelles d'Oreste qui, pour venger le meurtre de son père, tua sa mère, et

qui, pour plaire à une maîtresse dont il était haï, assassina Pyrrhus, auprès duquel il était ambassadeur, sont d'un trop dangereux exemple. Au contraire, l'amitié de Nisus et d'Euryale ne respire que l'innocence, l'obéissance aux lois, la tendresse filiale et maternelle. Enfin ces deux amis couronnent la plus belle vie par la plus belle mort, en périssant l'un pour l'autre dans l'exécution d'un acte vertueux. Je ne veux pas dire que ce morceau de poésie soit le plus beau de l'Énéide; mais je suis persuadé que c'est un de ceux qui ont le plus intéressé l'ame aimante de Virgile. Il le termine par souhaiter que le souvenir de leur amitié dure dans ses vers aussi long-temps que la postérité d'Énée donnera des rois au Capitole. Son vœu est rempli bien au delà, car ses vers ont duré plus que l'Empire romain lui-même.

Cet épisode contient plus de trois cent vingt vers dans le neuvième livre de l'Énéide, et il en est déjà question dans le cinquième. D'abord il annonce ces deux amis dans les jeux qu'Énée donne en Sicile pour célébrer l'anniversaire de la mort de son père An-

4. 21

chise, et il les met à la tête de ceux qui
doivent concourir pour les prix de la course :

> Nisus et Euryalus primi ; . . . .
> Euryalus formâ insignis viridique juventâ,
> Nisus amore pio pueri. . . . .

« Nisus et Euryale parurent les premiers ; Euryale, recom-
» mandable par sa beauté et par les graces de son adolescence ;
» Nisus, par l'amour pur qu'il portait à Euryale. »

Le poëte fait refléter la douce lumière de
leur amitié, qui doit éclairer son tableau,
jusque sur les prix de la course. Énée, qui,
sans doute, a les amis en vue, leur dit à
tous :

> Nemo ex hoc numero mihi non donatus abibit.
> Gnosia bina dabo levato lucida ferro
> Spicula, cælatamque argento ferre bipennem :
> Omnibus hic erit unus honos. . . .

« Aucun des concurrents ne s'en ira sans recevoir de moi un
» présent. Je donnerai deux javelots de Crète, armés d'un acier
» poli, avec une hache garnie d'argent, à double tranchant.
» Cette récompense sera commune à tous. »

Deux javelots unis sont sans doute des sym-
boles d'union, et on peut dire que l'amitié
de deux jeunes guerriers est une hache

deux tranchants. Énée, en assurant cette récompense à tous, était bien sûr d'y faire participer les deux amis, quel que fût l'événement de la course.

Nisus, près d'en atteindre le but, tombe par accident; mais, dans sa chute, se ressouvenant de son ami, *non oblitus amorum*, il fait tomber exprès Salius qui le suivait, et donne ainsi la victoire au jeune Euryale qui venait ensuite. Salius se plaint de la fraude, et réclame le prix qu'on lui enlève :

Tutatur favor Euryalum, lacrymæque decoræ,
Gratior et pulchro veniens in corpore virtus.

« Euryale a pour lui la faveur de l'assemblée, ses larmes généreuses, et sa vertu, d'autant plus touchante, qu'elle anime un beau corps. »

Il remporte le premier prix, consistant en un superbe cheval avec son harnais; Énée dédommage Salius par la peau d'un lion dont les ongles étaient d'or, et Nisus par un excellent bouclier consacré jadis aux Dieux, autre présent convenable à l'amitié.

L'épisode du neuvième livre est bien supé-

rieur à celui des jeux, pour la partie morale ;
il est consacré tout entier à l'amitié et à la
vertu, comme le quatrième l'est à l'amour.
Virgile, avec son art ordinaire, y fait d'a-
bord contraster l'amitié désintéressée de ces
deux jeunes gens obscurs, qui se dévouent
pour la patrie, avec les alliances des nations
qu'Énée était allé solliciter, et dont il n'ob-
tient des secours qu'à force de prières.

Nisus débute par un sentiment religieux ;
il dit à Euryale :

> . . . . Dîne huuc ardorem mentibus addunt,
> Euryale? an sua cuique Deus fit dira cupido?

« Sont-ce les Dieux qui m'inspirent cette ardeur, cher Eu-
» ryale? ou chacun prend-il sa passion pour une inspiration
» divine ? »

Il lui communique ensuite le projet de traverser seul, pendant la nuit, l'armée ennemie, pour savoir des nouvelles d'Énée, dont
l'absence inquiétait les Troyens ; la récompense qu'il s'en propose ne doit tourner qu'au
profit de son ami :

> Si tibi quæ posco promittunt. . . .

« S'ils me promettent ce que je demanderai pour toi. »

Euryale se plaint de ce que Nisus ne le trouve pas digne de l'accompagner dans une entreprise si dangereuse; il lui dit ces mots touchants :

Nise, fugis! Solum te in tanta pericula mittam ?

« Quoi, Nisus, tu me fuis! Te laisserai-je seul dans de si
» grands périls? »

Il ajoute : « Ce n'est pas ainsi que je me
» suis formé par les instructions de mon père
» Opheltes et par l'exemple d'Énée. » Chaque vers développe une vertu; il ajoute un senti-ment d'héroïsme à ce sentiment filial :

Est hîc, est animus lucis contemptor, et istum
Qui vitâ bene credat emi, quò tendis, honorem.

« Ce cœur, oui, ce cœur sait aussi mépriser la mort; il sent
» qu'il est beau d'obtenir par le sacrifice de la vie la gloire où
» tu aspires. »

Nisus s'excuse par les motifs les plus ver-tueux :

Te superesse velim : tua vitâ dignior ætas.

« Je veux que tu me survives: ton âge, plus que le mien,
» est digne de la vie. »

21*

Il poursuit par un sentiment religieux et filial. S'il succombe, il désire que son ami lui rende des devoirs funèbres; il craint de porter un coup mortel à la mère d'Euryale, qui, seule de toutes les mères, avait suivi son fils à l'armée.

Leurs sentiments vont en croissant d'intérêt; ils vont rendre compte de leur projet à Iule, qui, entouré de généraux troyens, s'inquiétait de l'absence de son père Énée. Le vieux Aléthès s'écrie que les Dieux n'ont point abandonné les restes de Troie, puisqu'ils inspirent tant de courage et de vertu à ses jeunes gens. Il les baigne de larmes. « Pouvons- »nous, dit-il, vous donner des récompenses » dignes d'une si grande entreprise ? mais les » Dieux et votre conscience vous donneront »d'abord la plus belle de toutes : »

. . . . Pulcherrima primùm
Di moresque dabunt. . . . .

Iule, après avoir relevé la grandeur de ce service, leur dit :

Bina dabo argento perfecta atque aspera signis
Pocula, devictâ genitor quæ cepit Arisbâ;

Et tripodas geminos, auri duo magna talenta,
  Cratera antiquum, quem dat Sidonia Dido.

« Je vous donnerai deux amphores d'argent, d'une ciselure
» parfaite; mon père les eut a la prise d'Arisba. J'y joindrai deux
» trépieds, deux talents d'or, et une coupe antique présent
» de la reine Didon. »

Voici encore un reflet de l'amitié sur des
présents. Deux amphores, deux trépieds pour
les poser, deux talents d'or pour acheter du
vin, et une coupe antique pour le boire en
commun, convenaient parfaitement à deux
jeunes gens liés d'une amitié si intime. Cette
coupe fut donnée à Iule par Didon, sans
doute lorsqu'elle épousa Énée : ainsi c'est en
quelque sorte un présent de l'amour maternel; ce qui en relève encore le prix. Mais
ce don n'est rien auprès de celui que Iule
promet à Euryale, qui était à-peu-près de
son âge. Il se donne tout entier à lui :

Te verò, mea quem spatiis propioribus ætas
Insequitur, venerande puer, jam pectore toto
Accipio, et comitem casus complector in omnes.
Nulla meis sine te quæretur gloria rebus;
Seu pacem, seu bella geram, tibi maxima rerum
Verborumque fides.

« Pour vous dont l'âge approche davantage du mien, enfant

» illustre, je vous reçois dans mon cœur, et je vous adopte
» pour compagnon dans tous les événements de ma vie. Je ne
» veux ambitionner aucune gloire sans la partager avec vous;
» soit dans la paix, soit dans la guerre, vous serez l'unique
» confident de mes pensées et de mes actions. »

Voyez comment se propagent les rayons purs de l'amitié; vous allez les voir se décomposer en couleurs plus réelles que ceux de la lumière. La sensibilité d'Iule rappelle l'amour filial dans le cœur d'Euryale : moins touché de l'amitié de son prince que des besoins d'une mère qu'il laisse dans l'indigence, il dit au fils d'Énée :

> . . . . Sed te super omnia dona
> Unum oro : genitrix, Priami de gente vetustâ
> Est mihi, quam miseram tenuit non Ilia tellus
> Mecum excedentem, non mœnia regis Acestæ.
> Hanc ego nunc ignaram hujus quodcumque pericli est,
> Inque salutatam linquo : nox et tua testis
> Dextera quòd nequeam lacrymas perferre parentis.
> At tu, oro, solare inopem, succurre relictæ.
> Hanc sine me spem ferre tui ; audentior ibo
> In casus omnes. . . . .

« Accordez-moi une faveur au-dessus de toutes celles que
» vous me promettez. J'ai une mère du sang illustre de Priam :
» ni les rivages de la malheureuse Troie, ni la ville du bon roi
» Aceste, n'ont pu l'empêcher de me suivre : je la laisse dans
» l'ignorance des dangers où je m'expose, je pars sans lui dire
» adieu ; car j'en atteste la nuit et votre main sacrée, qu'il me

» serait impossible de soutenir les larmes d'une mère. Je vous
» en conjure, soulagez-la dans son indigence, secourez-la dans
» son abandon. Que j'emporte cette espérance, j'en braverai
» avec plus de courage tous les hasards. »

Tous versent des pleurs, et avant tous, l'aimable Iule :

. . . . Ante omnes pulcher Iulus.

Le poëte lui donne ici l'épithète de beau, quoique la tristesse n'embellisse pas; mais c'est parce qu'il verse de ces larmes auxquelles le sensible Virgile a donné ailleurs l'épithète de *decoræ*, d'embellissantes, parce que la vertu les fait répandre. L'amour filial du fils d'Opheltes a électrisé celui du fils d'Énée :

Atque animum patriæ strinxit pietatis imago.

« Ce trait de piété paternelle pénètre son ame. »

Remarquez que l'amour filial, celui de la patrie, et même l'amour paternel, se rendent par le mot de piété : ce sont en effet trois consonnances du même sentiment religieux. Il faudrait traduire tous les vers de cet épisode, et dans un style bien supérieur au mien, si on en voulait relever les nombreuses beautés. Les deux amis s'engagent dans le camp des Rutules, où ils font un grand massacre à la faveur des ténèbres; cependant une avant-garde de cavalerie ennemie paraît avec le point du jour; elle se disperse dans la forêt voisine : bientôt Euryale en est environné. Nisus fuit; mais, ne voyant plus son ami, il y rentre pour le chercher; il l'aperçoit au milieu d'un groupe de cavaliers qui l'emmenaient prisonnier. A couvert derrière un arbre, il invoque la déesse des nuits, et lance successivement deux javelots dont il tue deux cavaliers. Volscens, leur commandant, qui ignore d'où partent les coups, veut venger leur mort par celle d'Euryale, il lève sur lui son épée; Nisus alors se découvre, il accourt hors de lui, il s'écrie :

Me, me, adsum qui feci; in me convertite ferrum,
O Rutuli ! mea fraus omnis : nihil iste nec ausus,
Nec potuit; cœlum hoc et conscia sidera testor :
Tantùm infelicem nimium dilexit amicum.

« C'est moi, c'est moi, dit-il; j'ai tout fait. Tournez contre
» moi votre fer, ô Rutules ! Seul, je suis coupable. Celui-ci ne
» l'a ni pu ni osé; j'en atteste ce ciel et ces astres qui m'ont

» aidé : tout son crime à lui est d'avoir trop aimé un ami mal-
» heureux. »

La mort d'Euryale percé d'un coup d'épée
par Volscens ; la fureur de Nisus qui tue
Volscens à son tour et périt sur le corps de
son ami ; le désespoir de la mère d'Euryale
lorsqu'elle aperçoit, au lever de l'aurore, la
tête de son fils plantée au bout d'une pique,
sur le camp des Rutules, terminent cet épisode
de la manière la plus déchirante. Je demande
pardon de m'y être un peu trop arrêté ; mais
j'ai cru devoir l'indiquer, parce qu'on y voit
l'amitié la plus sublime en harmonie avec l'a-
mour maternel et avec celui de la patrie.
Virgile a renfermé dans une seule action les
premiers devoirs de la vie sociale, que les
moralistes n'ont mis qu'en maximes isolées.

On a plusieurs beaux traités sur l'amitié ;
mais je n'en connais point de tels sur l'inimitié. Ceux qui parlent du pardon des injures, y supposent tant de malice, qu'ils donnent souvent plus d'envie de se venger que
de pardonner ; leurs auteurs, quoique esti-
més, ressemblent à ces conciliateurs mal-
adroits, qui brouillent les parties au lieu de

les accorder : il est cependant plus utile de savoir comment on doit se comporter avec ses ennemis qu'avec ses amis. Le cœur nous guide en amitié, nous n'avons qu'à nous laisser aller à ses affections ; mais il nous égare en inimitié, si nous cédons à ses mouvements : il en résulte des vengeances qui n'ont point de fin. Ce qu'il y a de plus fâcheux, c'est que les grandes inimitiés ne naissent guère que des grandes amitiés : témoin les haines fraternelles, fameuses dès les temps les plus reculés.

Il y a dans le cœur humain un sentiment de réaction qui nous porte à ressentir l'injure autant que le service, et à faire autant de mal à notre ennemi que de bien à notre ami : qui aime beaucoup, hait beaucoup ; le ressentiment est aussi vif que la reconnaissance. Les Sauvages, qui obéissent aux mouvements de la nature, offrent à leurs amis tout ce qu'ils possèdent, leurs cabanes, leurs vivres, et quelquefois leurs femmes et leurs filles ; ils changent de nom avec eux, ils pleurent de joie à leur arrivée, et de chagrin à leur départ. Mais ces mêmes hommes, si aimants,

traitent leurs ennemis avec la haine la plus
féroce : ils incendient leurs villages, ils mas-
sacrent sans pitié leurs femmes et leurs enfants, ils brûlent à petit feu leurs prisonniers
de guerre, et les dévorent tout vivants. Les
Grecs, si vantés, ont eu long-temps ces
mœurs; et dans leur civilisation, ils écrivi-
rent, comme un éloge parfait, sur le tombeau d'un de leurs plus grands hommes, que
nul ne l'avait surpassé à faire du bien à ses
amis et du mal à ses ennemis.

Il y a plus; je trouve que la puissance de
l'homme s'étend beaucoup plus loin en mé-
faits qu'en bienfaits. Nous ne saurions seuls
bâtir une maison à un ami, s'il est pauvre, ni
lui faire une réputation, s'il est obscur, ni
lui rendre la santé, s'il est malade; mais il
est aisé, sans le secours de personne, de détruire l'habitation d'un ennemi par le feu, sa
renommée par la calomnie, et sa vie par le
meurtre. Le ressentiment, dont les effets sont
si faciles et si funestes, a donc plus besoin
de lois que la reconnaissance, si souvent im-
puissante; il me semble que pour se gouverner dans ses inimitiés, il faut savoir se ré-

4. 22

gler dans ses amitiés. Le cœur est un aimant qui a, comme nous l'avons dit, deux pôles opposés, l'un qui attire, et l'autre qui repousse, l'amour et l'ambition. L'amour peut s'égarer dans ses premières affections, et surtout par l'éducation; il y puise des dépravations, des fantaisies et des engouements.

Pour éviter les folles amitiés et l'inconstance des inclinations communes au premier âge, j'ai désiré que chaque élève motivât publiquement le choix de son ami d'après quelques qualités louables. Comme par-là nous avons dirigé les premières affections de son amour vers la vertu, il en résulte que les premières haines de son ambition se tourneront vers le vice. Cependant, comme son amour s'étend de la vertu à la personne du vertueux, son ambition pourrait passer de la haine du vice à celle du vicieux; il pourrait, par une conséquence naturelle, désirer sa destruction, comme celle de tout être malfaisant : or c'est ce qu'il faut bien éviter. Notre régulateur entre ces deux passions opposées, est dans notre propre cœur : c'est le sentiment combiné de l'humanité et de la

Divinité ; c'est lui qui nous inspire de faire à autrui ce que nous voudrions qu'on nous fît. Il se combine aisément avec la reconnaissance, qui nous montre un ami dans un homme, et il s'oppose au ressentiment en nous montrant l'homme dans notre ennemi. En vain la raison exaltée par l'ambition nous présente la vengeance comme une justice, la vertu nous la présente à son tour comme appartenante aux lois et encore plus à Dieu. C'est aux lois seules que nous avons abandonné le ressentiment de nos injures ; mais nous nous sommes réservé la reconnaissance des bienfaits, et c'est pour cette raison que les lois humaines ne punissent pas l'ingratitude.

Aucune injure ne reste sans punition ; les histoires de toutes les nations nous en offrent une infinité de preuves. Elles ont été recueillies par les écrivains les plus vertueux, qui sont aussi les plus célèbres : tels sont Homère, Xénophon, Tacite, Plutarque. On a écrit la philosophie de l'histoire pour la débarrasser de ses erreurs ; on devrait bien écrire sa morale, pour lui donner un but.

L'histoire des nations ne prouve pas moins une Providence que celle de la nature, et il peut résulter des sociétés des hommes une théologie aussi lumineuse que de celle des insectes.

La peine suit le péché, dit Platon. Si elle ne se manifeste pas toujours aux yeux des hommes, elle n'en est pas moins dans l'ame du coupable. Plutarque a écrit sur ce sujet un fort bon traité intitulé : *Pourquoi la justice divine diffère quelquefois la punition des maléfices*. Il répond très-bien aux objections des épicuriens de son temps, qui, comme ceux du nôtre, rejetaient la Providence, parce qu'elle souffrait les méchants, et que souvent ils prospéraient. Il leur répond que les méchants sont souvent des instruments de la vengeance de Dieu envers des peuples corrompus; que la vie humaine la plus longue n'étant par rapport à lui qu'un instant, il est égal que les méchants soient punis immédiatement après leur crime, ou vingt et trente ans après; qu'ils sont dans la vie, avec leurs remords, comme des coupables en prison, la corde au cou, qui,

au lieu d'être exécutés le matin, le sont le soir ;
que les délais de la justice divine étaient à
leur égard un effet de sa bonté, qui leur donnait le temps de se repentir, et qu'enfin cette
impunité apparente prouvait l'existence d'une
autre vie après la mort, où chacun serait ré-
compensé et puni suivant ses actions.

En effet, ce serait la plus absurde des con-
tradictions que la Providence s'étendît sur
toute la nature, excepté sur la vie humaine.
Comme nous ne développons notre raison
que sur son intelligence, nous devons former
notre morale sur sa justice. Il est de notre
intérêt de nous y conformer : car étant des
êtres très-faibles, nous avons besoin nous-
mêmes de la clémence de Dieu et de l'indulgence des hommes. Tu ne peux, dit Marc-
Aurèle parlant à lui-même, supporter les
méchants, que les dieux eux-mêmes supportent pendant l'éternité ! Tu veux fuir
leur malice, ce qui t'est impossible, et tu
ne veux pas te débarrasser de la tienne propre, ce qui t'est possible ! Si donc quelqu'un
nous offense, nous pouvons nous dire à nous-
mêmes : N'avons-nous jamais offensé per-

22*

sonne ? n'avons-nous pas quelquefois médit,
calomnié, méprisé, injurié ? Mais, dirons-
nous, ce n'était pas sans raison. On n'a jamais raison d'offenser; et parce que notre
ennemi fait une injustice envers nous, vou-
lons-nous aussi en faire une envers lui ? Met-
tons-nous ensuite à sa place. Si nous étions
coupables à son égard, nous n'avons point à
nous en plaindre; si innocents, il est dans
l'erreur par rapport à nous, il hait en nous
un homme qui n'y est pas. Enfin, dans ce
cas même, agissons envers lui comme nous
voudrions qu'il agît envers nous si nous l'a-
vions offensé; car certainement nous ne
voudrions pas qu'il se vengeât.

Ces considérations nous seront très-utiles,
sur-tout à l'égard de nos plus petits ennemis,
dont les offenses nous paraissent d'autant plus
insupportables, qu'ils sont inférieurs à nous,
et qu'elles sont fréquentes : telles sont celles
de nos domestiques. Nous pouvons d'abord
nous dire : Si nous étions à leur place, se-
rions-nous bien soumis à la volonté d'autrui,
et bien zélés pour des intérêts qui nous sont
étrangers ? Tu fais du bien à ton domestique,

dit un philosophe barbare, et c'est un in-
grat; tu te plains qu'il est capricieux, per-
vers, menteur, insolent; mais s'il était parfait, crois-tu qu'il te voulût servir?

La maxime : Vis avec ton ami comme s'il
devait être un jour ton ennemi, quoique fondée sur une politique injurieuse à l'amitié,
est juste au fond, car la maxime inverse est
vraie : Vis avec ton ennemi comme s'il devait un jour être ton ami. A la vérité, on lui
en oppose une tout-à-fait contraire : Méfie-
toi d'un ennemi réconcilié ; car on a fait en
morale autant d'axiomes qu'on a voulu. Mais
il est aisé de distinguer les vrais des faux, en
les rapportant à l'utilité des hommes. Si un
axiome leur convient à tous, il est bon. L'intérêt du genre humain est la pierre de touche
de la vérité. Il y a encore un autre moyen
de la reconnaître, c'est lorsque sa proposition
inverse est évidente; car la vérité, comme
le soleil, luit de tous côtés. Ceci posé, il
n'est pas douteux que nous devons être mo-
dérés dans nos amitiés ; car l'expérience nous
prouve qu'elles se changent quelquefois en
inimitiés. D'un autre côté, nous voyons aussi

des inimitiés se résoudre en d'heureuses et constantes réconciliations. La clémence d'Auguste lui fit de Cinna un ami fidèle. Ce sont nos passions qui écartent de nous nos amis ; mais la vertu rapproche de nous nos ennemis. Quand même elle ne nous gagnerait pas leur affection, elle nous acquerrait à coup sûr leur estime. Nous devons donc agir à leur égard comme nous désirerions qu'ils agissent avec nous. C'est pour cela que nous ne devons jamais dire d'eux, en leur absence, que le mal que nous dirions en leur présence.

Il y a un grand moyen d'arrêter le cours des inimitiés, ainsi que de toutes les passions ; c'est de s'opposer à leur commencement. Vous ne mettrez un frein aux erreurs du cœur et de l'esprit qu'en les empêchant de sortir de leurs barrières. Vous ne les arrêterez pas dans leur course, si vous ne le faites au départ. Telle haine irréconciliable a commencé souvent par une légère plaisanterie. Semblable au feu, ce n'est d'abord qu'une petite étincelle, qui produit un incendie si nous négligeons de l'éteindre.

On doit conclure de ces principes géné-

raux, dont l'application produirait des volu-
mes, combien nos éducations modernes sont
dangereuses, puisqu'elles tendent sans cesse
à donner l'essor à l'émulation, ce stimulant
des passions naissantes.

L'émulation, parmi des enfants, n'est que
le désir d'être le premier, et de s'élever au-
dessus de ses semblables par son esprit et ses
études; l'émulation, parmi les hommes,
n'est aussi que le désir d'être le premier dans
le monde, et de s'élever au-dessus des autres
par sa fortune et son crédit; car enfin les
hommes ont d'autres besoins que les enfants.
Or, de cette préférence personnelle et des
concurrences qu'elle fait naître, naissent évidemment tous les maux de la société. L'é-
mulation des enfants est de même nature que
l'ambition des hommes : c'est la racine du
même arbre. C'est cette passion altière, que
la nature nous a donnée pour subjuguer les
animaux, que nous apprenons aux enfants à
employer contre leurs semblables, d'abord
dans des exercices innocents, à la vérité,
mais ensuite dans tous ceux de la société,
lorsqu'ils seront hommes. Je reconnais dans

l'enfant ambitieux qui se couche devant un
chariot attelé, pour l'empêcher de déranger
son jeu, l'Alcibiade qui aime mieux causer la
ruine d'Athènes, que de renoncer à son ambition et à son luxe ; et dans le jeune homme
qui ordonne aux pirates d'applaudir à ses
vers, le César qui devait recevoir un jour le
sénat de Rome sans se lever.

De toutes les amitiés, il n'y en a aucune
de comparable à l'amitié fraternelle. La nature a réuni autour d'elle les liens les plus
forts, quand la société ne les a pas rompus
dès l'enfance : ce sont ceux de la nourriture,
de l'instruction, de l'exemple, de l'habitude,
de la fortune. Nous avons déjà observé que
tout ce qui a en soi un principe de vie, a des
organes en nombre pair. La nature nous a
donné deux yeux, deux oreilles, deux na-
rines, deux mains, deux pieds, pour s'entr'aider fraternellement ; si elle ne nous eût
donné que la moitié de nos organes, qui
nous semble suffisante à la rigueur, nous
n'eussions pu ni marcher, ni saisir un objet,
ni pourvoir à aucun de nos besoins. Si, au
contraire, elle les eût triplés, quadruplés,

multipliés, elle nous eût rendus semblables aux géants de la fable, aux Briarées à cent bras, dont les fonctions se seraient empêchées les unes les autres, s'ils eussent existé. Elle s'est donc bornée à réunir ensemble deux parties égales, non-seulement dans l'homme, mais dans tous les êtres organisés : ainsi, ce n'est pas un simple mouvement qui est le principe de la vie, comme le disent les matérialistes, mais c'est une harmonie fraternelle de deux moitiés égales réunies dans le même individu. Une seule de ces moitiés ne peut pas plus vivre isolée, que triplée ou quadruplée, parce qu'alors il n'y eût point eu entre elles d'harmonie, sans laquelle la vie ne peut exister. L'ordre binaire n'est pas un effet de l'impuissance de la nature, qui n'a pu aller plus loin. En doublant nos organes, elle leur a donné un équilibre nécessaire à leurs fonctions; elle ne pouvait les multiplier dans le même individu sans en détruire l'effet, mais elle l'a augmenté en donnant des frères même à l'individu. Les membres d'un corps s'entr'aident mutuellement, mais ils ne peuvent agir que dans un seul lieu, tandis que des frères peuvent agir de concert dans des lieux différents, l'un aux champs, l'autre à la ville, l'un sous la zone torride, l'autre sous la zone glaciale : l'harmonie fraternelle peut étendre la puissance d'alliance d'un bout du monde à l'autre.

On a remarqué par tout pays, et il y a déjà long-temps, que les familles pauvres où il y avait beaucoup d'enfants, prospéraient beaucoup mieux que celles où il y en avait peu. C'est, disent les bonnes gens, la bénédiction de Dieu qui vient à leur secours. Oui, sans doute, c'est une bénédiction de Dieu, attachée, comme tant d'autres, à l'exécution de ses lois. Celle-ci résulte de l'harmonie fraternelle, cette première loi de l'ordre social. Ces familles nombreuses réussissent, parce que les frères s'entr'aident, et plus ils sont en grand nombre, plus ils ont de pouvoir.

Je trouve à ce sujet, dans l'Odyssée d'Homère, un sentiment bien touchant, c'est lorsque Télémaque compte au nombre de ses calamités celle de n'avoir point de frère. Le poëte, sensible et profond dans la connaissance de la nature, en mettant cette plainte dans la bouche du fils d'Ulysse, qui cherchait par-tout son père, avait sans doute senti que l'amour fraternel était une consonnance de l'amour filial. En effet, les enfants ont des ressemblances avec leurs pères et leurs mères, de telle sorte que les garçons, pour l'ordinaire, en ont plus avec leurs mères, et les filles avec leurs pères : la nature les croisant d'un sexe à l'autre pour en augmenter l'affection. Mais il y a plus ; c'est que lorsqu'il y a beaucoup d'enfants, chacun d'eux est caractérisé par quelque trait particulier de la physionomie et de l'humeur de ses parents. L'un en a le sourire, l'autre la gaieté, celui-ci le sérieux, cet autre l'attitude ou la démarche, de sorte qu'il semble que les qualités physiques et morales des pères et mères soient réparties déjà entre leurs enfants, comme des portions d'héritage. Or, quand des enfants aiment sincèrement leurs parents, ils en aiment d'autant plus leurs frères par ces ressemblances, qui leur en rappellent le souvenir. L'amour fraternel dépend donc beaucoup de l'amour filial, qui

4. 23

lui-même n'est produit que par l'amour paternel.

Quoique l'amitié exige des consonnances
dans les goûts, elle admet aussi des contrastes, sans lesquels peut-être elle ne subsiste-
rait pas. La nature en établit parmi les frères
en les faisant naître les uns après les autres,
quelquefois à de si grands intervalles, que le
premier aura atteint la jeunesse, tandis que
les autres seront dans l'adolescence, et que
le dernier ne sera pas sorti de l'enfance;
mais ces différences, loin d'affaiblir l'amour
fraternel, le fortifient. Il en est d'une famille
composée de frères inégaux en âge, en caractères, en talents, comme de la main formée de doigts de diverses proportions, qui
s'entr'aident beaucoup plus que s'ils étaient
de force et de grandeur égales. Pour l'ordinaire, lorsqu'ils saisissent tous ensemble un
objet, le pouce, comme le plus fort, serre à
lui seul ce que les autres saisissent tous ensemble. Le plus petit, comme le plus faible,
clôt la main; ce qu'il ne pourrait faire, s'il
était aussi long que les autres. Il n'y a point
de jalousie entre les derniers, qui travaillent

moins, mais qui supportent les autres, et les premiers, qui tiennent la plume, ou ceux qui sont décorés d'un anneau. Quelque iné-galité donc qu'il y ait entre les talents et les conditions des frères, il n'y a qu'une seule chose à leur inspirer, c'est la concorde, afin qu'ils puissent agir de concert comme les doigts de la main. Une des premières atten-tions que les parents et les instituteurs doi-vent avoir, est qu'il ne s'élève point de ja-lousies entre les frères à l'occasion de leurs jeux. Plutarque observe dans son Traité de l'Amitié fraternelle, dont nous avons tiré quelques bonnes observations, « que, comme » des divisions qui renversèrent la Grèce de » fond en comble, naquirent des rivalités qui » s'élevèrent entre quelques citoyens puis-» sants, au sujet de la faveur qu'ils accordaient » à des baladins, de galeries et de viviers qu'ils » avaient fait construire pour leurs passe-» temps; de même les jalousies qui s'engen-» draient entre les frères, commençaient sou-» vent à l'occasion de quelques oiseaux, de » petits chariots, et autres jouets de l'enfance, » lesquelles envies venant à croître avec l'âge,

»ils en venaient à se détester et à se haïr à la
»mort. » Je trouve donc à propos qu'au lieu
de leur donner des jeux particuliers, comme
on a coutume de faire pour éviter entre eux
les sujets de jalousie, on leur en donne qui
leur soient communs, afin de les accoutumer
à vivre ensemble. Quand ils ont des jouets
en propre, c'est alors que se forment les idées
précoces du tien et du mien, si dangereuses
sur-tout entre des fils et des frères, sans
compter que celui qui perd ou qui rompt le
sien, cherche à s'emparer de celui d'autrui.
C'est la source la plus ordinaire des querelles
entre les enfants comme entre les hommes.

Si l'on donne aux frères des jeux communs, il faut leur apprendre des métiers particuliers, afin d'éloigner d'eux tout sujet de
rivalité. L'amour du plaisir réunit les hommes, mais celui de l'intérêt les divise. Les
jeux veulent des compagnons, mais les am-
bitions les repoussent. Toutes les passions
sont insociables.

D'ailleurs, les inclinations étant très-va-
riées parmi les enfants, il faut laisser à chacun d'eux la liberté de suivre la sienne.

Castor et Pollux, ces frères si célèbres chez les anciens par leur union, le furent aussi dans la guerre; mais l'un excellait à dresser des chevaux, et l'autre aux combats du ceste.

Cependant j'ai à citer une amitié moderne, mieux avérée que celle des jumeaux d'Élide sortis du même œuf : c'est celle des deux frères Pierre et Thomas Corneille. Ils étaient tous deux poëtes tragiques, c'est-à-dire de la profession qui supporte le plus malaisément des rivaux. On sait qu'ils vécurent ensemble sans partager leurs biens, jusqu'à leur mariage. Mais voici une anecdote ignorée qui prouve leur parfaite union. Ils occupaient à Rouen une petite maison; Thomas Corneille logeait au rez-de-chaussée, Pierre au-dessus de lui dans un entre-sol qui communiquait avec le bas par un petit escalier; chacun d'eux travaillait à son ouvrage à la vue de l'autre. Thomas excellait à trouver sur-le-champ un grand nombre de rimes du même mot, Pierre n'avait pas la même facilité; mais quand il était embarrassé à chercher une rime, il s'adressait à son frère, qui aussitôt lui en donnait à choisir autant

23*

qu'il en avait besoin. Leur amitié si intime est, à mon gré, plus rare que leurs grands talents, d'autant plus qu'ils étaient inégaux en réputation. Si ces deux poëtes fameux ont vécu dans une communauté de fortune, de plaisirs et de travaux, il faut l'attribuer à ce que les talents supérieurs ne sont pas susceptibles de jalousie, ou plutôt à ce que ces frères avaient été élevés ensemble dans la maison paternelle. Leur petite habitation subsistait encore dans mon enfance, je ne sais si on l'aura conservée ; sans doute les Grecs en auraient fait un temple, dédié à-la-fois aux Muses et à l'Amitié fraternelle.

Je tiens l'anecdote que je viens de rapporter, d'un M. Mustel, né en Normandie.

Comme les tableaux hideux du vice rendent ceux de la vertu encore plus aimables, il est à propos de raconter aux enfants quelques histoires de mauvais frères qui, par leur haine mutuelle, ont causé leur ruine. Tels furent Étéocle et Polynice, dont l'inimitié fut, dit-on, si grande, qu'après leur mort la flamme même du bûcher qui consumait leur corps se sépara en deux : ces haines impla-

cables naquirent de l'émulation d'un trône.
L'ambition n'est autre chose que le désir
d'être le premier, et elle est la cause de tous
les malheurs du genre humain. Dans sa naissance, ce n'est qu'une étincelle brillante ;
mais si on l'anime, bientôt c'est un feu dé-
vorant qui consume jusqu'à celui qui l'a al-
lumé. Les premières fumées de ce volcan
sont les envies, les intolérances, les médi-
sances, les calomnies, l'humeur querelleuse :
si vous les apercevez dans votre frère, tâchez
de le ramener à la vertu par votre affection et
sur-tout par votre exemple ; mais si vous ne
le pouvez, fuyez-le, car il est atteint d'un
mal contagieux, et vous vous devez encore
plus au bonheur de vos semblables qu'à l'a-
mitié fraternelle. Le vertueux Timoléon ne
balança pas à abandonner son frère, qui voulait être le premier dans Corinthe, sa patrie,
après avoir fait de vains efforts pour l'enga-
ger à renoncer à son ambition. A la vérité,
il se repentit long-temps d'avoir consenti à
sa mort, que sa mère lui avait reprochée ;
mais le bon Plutarque l'a blâmé de ce remords comme d'une faiblesse de courage, et

il me semble en cela s'écarter du jugement qu'il a porté sur la sévérité de Brutus à l'égard de ses fils. Pour moi, j'aime à voir deux vices lutter ensemble, parce que la destruction de l'un des deux nous présente l'apparence d'une vertu; mais il n'en est pas de même du combat de deux vertus, car de l'anéantissement de l'une il résulte toujours l'apparence d'un vice. Ainsi, je n'aime point à voir l'amour de la patrie aux prises avec l'amour paternel ou fraternel; c'est mettre la guerre civile dans les cieux que de la mettre entre les vertus : ce n'est pas à l'homme à les accorder, c'est à Dieu. Nous avons assez à faire de régler nos passions; c'est à l'Auteur de la nature à en maintenir les fondements, et à les rapprocher quand ils sont ébranlés.

Il ne dépend pas plus de nous de concilier deux vertus en opposition, que deux éléments; c'est à celui qui en a créé les lois à les conserver inviolables. Nous le prions tous les jours de ne pas nous exposer à en franchir les barrières, de peur que nous ne devenions fous par notre propre sagesse, injustes par la justice, et féroces à force d'humanité,

Si donc nous avons le malheur d'avoir un frère vicieux et incorrigible, il n'y a d'autre remède que de le supporter ou de le fuir. Si la patrie nous a confié l'exécution de ses lois, empêchons-le de faire du mal; mais s'il en a fait qui demande vengeance, abstenons-nous plutôt des lois que de répandre son sang. Sous Vitellius, un frère tua son frère du parti opposé dans le combat, et en demanda la récompense : Tacite observe qu'elle lui fut refusée, sous prétexte qu'on n'était pas en état de le récompenser. Haïssons le vice dans notre propre frère, mais aimons toujours notre frère dans le vicieux. Dieu a mis sur la terre deux portes qui mènent au ciel; il les a placées aux deux extrémités de la vie, l'une à l'entrée, l'autre à la sortie. La première est celle de l'innocence, la dernière est celle du repentir : ce n'est donc pas à l'amitié fraternelle à la fermer. Il y a des exemples de frères qui, par la seule influence de l'amitié, ont ramené des frères vicieux. L'histoire de la Chine en a conservé plusieurs, tirés de l'enfance même. Tel est entre autres celui de Xuni, successeur du fameux empereur Vaus. C'était un simple laboureur, qui avait un père et des frères fort méchants; il les réforma par sa patience. Vaus, touché de sa vertu, l'appela au trône au préjudice de ses propres enfants, dont il n'avait pas d'ailleurs à se plaindre. Comme l'amitié fraternelle est, à la Chine, un des cinq principaux devoirs de l'ordre social, on a grand soin d'en faire la base de l'instruction publique. D'un autre côté, le gouvernement y est encore plus attentif à recueillir les traits de vertu dans les enfants, que dans les hommes. Il regarde les écoles comme des pépinières où les semences donnent quelquefois d'elles-mêmes des espèces nouvelles de fruits excellents, sans avoir besoin d'être greffés. Les vertus des enfants sont des dons de la nature, celles de l'homme ne sont souvent que des productions de l'art social.

Au reste, je désirerais que, dans les exemples que l'on cite aux enfants, on prît ceux des vices chez les étrangers, et ceux de la vertu dans la patrie. C'est par ce moyen que les Romains, et les Grecs sur-tout, ont illustré leur pays, au point qu'ils ont rendu leurs rochers plus fameux que nos montagnes, leurs ruisseaux plus que nos fleuves, et leur Méditerranée, avec ses petits archipels, plus célèbre que tout l'Océan avec les quatre parties du monde. Les Chinois ont été encore plus loin; car, sans mêler la fable à leur illustration, leur histoire leur fournissait, il y a déjà plus d'un siècle, trois mille six cent trente-six hommes illustres par des vertus ou des talents utiles à l'état, et deux cent huit filles, femmes, veuves, célèbres par leur chasteté ou leur amour conjugal. Les inscriptions, les monuments, les statues, les temples, les arcs de triomphe qu'on leur a élevés aux lieux où ils étaient nés, où à ceux où ils avaient vécu, décorent par-tout les grands chemins, les montagnes, les forêts, les fleuves et les villes. Joignez-y leurs éloges historiques, les drames et les poésies en leur honneur, qui sont répandus dans toutes les bibliothèques et tous les lieux où l'on apprend à lire aux enfants, vous aurez la véritable raison de la longue durée de cet empire, et de l'attachement religieux qui lie les Chinois à leur patrie. Les exemples illutres de vertu

des ancêtres font le ciment moral qui conso-
lide toutes les parties de cet antique édifice :
par lui il a résisté aux débordements des Tartares et aux mines souterraines des religions
étrangères. A la vérité, ils regardent le reste
des hommes comme des barbares ; mais autant en faisaient les Grecs et les Romains.
Rome moderne elle-même ne gouverne-t-elle
pas les peuples par les vies de ses saints,
qu'elle leur propose à imiter? et l'exemple
d'un Vincent de Paul ne sert-il pas à faire
aimer et respecter sa puissance ?

Pour nous, qui désirons élever des enfants,
non-seulement pour leur village, mais pour
le monde entier, puisque nous en voulons
faire des hommes, nous pensons qu'il faut
leur chercher les plus grands exemples de
vertu dans tous les pays; mais lorsque le
nôtre en offre d'éclatants, on doit sans doute
leur donner la préférence; c'est un devoir
filial qu'il faut remplir envers notre patrie,
et c'est par elle que nous devons commencer
à aimer le genre humain. L'amitié de Caton
d'Utique pour son frère Lépidus n'a rien de
plus touchant que celle de Turenne pour le

duc de Bouillon, son frère. Ce grand homme,
si célèbre dans la guerre, déclarait hautement
qu'il lui devait tout ce qu'il savait de mieux ;
il n'entreprenait rien sans le consulter, et il
ne supporta sa perte qu'avec une extrême
douleur.

Ce que nous avons dit de l'amitié entre les
frères, s'entend de celle qui doit régner entre
les sœurs : les femmes en sont au moins
aussi capables que les hommes, et les exemples en seraient fréquents dans l'histoire, si
elle ne s'occupait pas plus des talents brillants
d'où résultent souvent les malheurs des nations, que des vertus obscures qui font le
bonheur des familles. L'amitié des sœurs
entre elles égale au moins celle des frères en
affection, en constance, en désintéresse-
ment, et elle l'emporte en attentions, en dé-
licatesse, en bienséances. Si l'amitié n'est au
fond qu'une union entre deux êtres faibles et
malheureux, les femmes y ont plus de part
que les hommes, parce qu'elles ont plus de
besoins et de faiblesse. L'amitié d'Oreste et
de Pylade, qui veulent mourir l'un pour
l'autre, me paraît moins touchante que celle

4.   24

de Myro et de sa sœur, filles du tyran d'Élée, qui innocentes des crimes de leur père, et condamnées à mort à la fleur de leur âge et de leur beauté, se demandaient en grace l'une à l'autre de mourir la première. L'aînée avait déjà mis sa ceinture autour de son cou, en disant à sa jeune sœur de la regarder faire et de l'imiter ensuite, lorsque celle-ci la supplia de ne pas lui donner la douleur de la voir mourir. Alors Myro prit le cordon fatal, l'arrangea autour du cou de sa cadette, et, en l'embrassant, lui dit : « O ma chère sœur ! je » ne vous ai jamais rien refusé de ce que vous » m'avez demandé, recevez de moi la der- » nière et la plus forte preuve de mon affec- » tion. » Puis, quand elle la vit expirée, elle couvrit son corps, et, avant de mourir elle- même, elle pria les assistants qui, malgré leur haine contre la tyrannie, fondaient en larmes, de ne pas permettre qu'il leur fût fait aucun déshonneur après leur mort.

S'il n'y a pas entre les femmes d'amitié aussi célèbre que l'amitié fraternelle des Gracques, c'est que des sœurs ne sont guère exposées à lutter contre des factions furieuses;

mais souvent elles ont à combattre ensemble les infirmités, la pauvreté, la vieillesse, ces autres tyrans de la vie, d'autant plus difficiles à supporter qu'on leur résiste sans gloire. Combien de sœurs ont vieilli jusqu'au tombeau, irréprochables dans l'amitié !

Mais il y a une harmonie peut-être plus touchante et plus forte que la fraternelle et la sororale, c'est l'amitié réciproque d'un frère et d'une sœur. Dans celle de frère à frère ou de sœur à sœur il y a consonnance, mais dans celle-ci il y a, de plus, de doux contrastes. L'amitié entre les frères a je ne sais quoi de brusque et de rude, d'emporté, d'incivil ; il entre quelquefois dans celle des sœurs de la faiblesse, de la politique et même de la jalousie. Mais l'amitié entre le frère et la sœur est une consonnance mutuelle de faiblesse et de protection, de grace et de vigueur, de confiance et de franchise. J'ai souvent remarqué que dans les familles où il y avait un frère et plusieurs sœurs, celui-ci était sans contredit plus doux, plus honnête et plus poli que les enfants des familles où il n'y avait que des garçons ; et que dans celles

où il y avait une sœur et plusieurs frères, la
sœur avait plus d'instruction, plus de force
dans le caractère, et moins de penchant à la
superstition, que dans une famille où il n'y
avait que des filles.

Plutarque, dans son Traité de l'Amitié fraternelle, ne cite qu'un exemple d'amitié semblable. On avait donné à une femme l'alter-
native de choisir de la mort de son frère ou
de son fils : elle préféra celle de son fils,
parce que, dit-elle, je peux bien avoir encore un autre enfant, mais de frère je ne
puis, mon père et ma mère étant morts. Cependant on peut regarder comme un effet de
l'harmonie fraternelle, autant que de la conjugale, la conduite des Sabines, lorsque,
tout échevelées et portant entre leurs bras
leurs petits enfants, elles se jetèrent entre
leurs époux et leurs frères près de s'entr'égorger, et leur firent tomber les armes
des mains en appelant, dit le bon Plutarque,
ores les Sabins, ores les Romains, par les
plus doux noms qui soient entre les hommes.
On peut encore citer en exemple la vertueuse
et infortunée Octavie, sœur d'Auguste et

femme d'Antoine, dont l'amour fraternel et conjugal servit long-temps seul de barrière à l'ambition de ces deux rivaux ; mais lorsque Antoine, subjugué par son amour pour Cléopâtre, eut brisé tous les liens de l'amour conjugal en chassant son épouse de sa propre maison, alors l'Empire romain perdant son équilibre, qu'une femme avait maintenu, fut renversé de fond en comble.

Quelles que soient les spéculations de la politique, il est certain que les seules harmonies morales forment la chaîne qui lie toutes les parties de la société humaine. L'harmonie fraternelle fait passer les hommes par une enfance plus longue que celle des animaux, afin de former et de fortifier les premiers liens de la société par l'amour maternel ; mais l'harmonie conjugale réunit tout le genre humain : elle s'embellit des enchantements de l'amour ; et c'est de son sein qu'on voit sortir ces tendresses ravissantes qui unissent les enfants à leurs mères et les hommes à leur patrie.

FIN DU TOME QUATRIÈME.

TABLE DES HARMONIES

CONTENUES DANS CE VOLUME.

—

SUITE DU LIVRE CINQUIÈME.

LIVRE VI.

LIVRE VII.

FIN DE LA TABLE DU TOME QUATRIÈME DES HARMONIES.